老人のライセンス

村松友視

老人のライセンス　†　目次

第一章　老人って何？

第二章　老猿に道をゆずるの巻

第三章　理想ではないが、妻である

第一章　老人って何？

老人って何？

いわゆる高齢者問題が、さまざまなアングルで真面目に取り上げられているご時世ゆえ、この作品に対しては、老人になるのになぜライセンスが必要なのか……を始めとして、首をかしげられる向きが多いにちがいない。

そこで、老人と年齢についての私なりの思い方を、まずもって自己紹介がてら述べておきたいのココロだ。

私は、二〇一五年の四月に武蔵野市役所から「後期高齢者」の保険証を送られた年齢、つまり現時点では世間的な意味合いでは堂々たる高齢者ということになる。したがって、自分が後期高齢者だと自覚しているのはたしかだ。エライ年齢《とし》になったたな……などという思いをかみしめてもいる。

しかし、その高齢者から反射的に引き出されそうになった「とすると俺も老人になったのか？」というひとりごとを、首をすくめながらそっと水の底に沈める気分になったのもたしかなのだ。

高齢者については、お上《かみ》の決めるルールにのっとっての認定で、当人があれこれ考えたところで埒《らち》のあかぬ問題だが、老人となるとこれはちょいと私などには爪のかからぬ地平であり、自分とイコールで線を結ぶべきレベルの世界ではない。自分は「高齢者ではあるが老人ではない」、いやむしろ「老人になりきれぬ高齢者」なのだ……という自己認定へと、ぐるりと宙をさまよった思いが着地しているのだ。

そこで、水の底に沈めかけた老人という言葉を、おずおずと水面にすくい上げ、ためつすがめつながめ回してみると、これがまた厄介な言葉だった。まず、「老人とは何か」の概念がつかめないのだ。

小学生に「老人って何？」とたずねてみれば、「五十代半ばあたり」という答えが返ってくるかもしれない。これは、昭和初期の新聞に「五十歳の老人、都電に轢かれる」なる見出しがあるという時代感覚にもつながり、現代においても少年の目に五十代半ばが、老人と映るのも無理からぬことと、まずは納得してみる。

では、その五十半ばの人に、同じ質問をぶつけてみれば、かなりの個人差のぶれはあらわれるであろうが、七十半ば以上といったラインが想像できたりもする。

次に、その七十半ばの人たちにたずねてみるならば、「そうねえ、九十歳以上ってところかな」てな答えが返ってこないとは断言できぬはずだ。で、その九十以上の人に「老人って何だと思われます?」と聞いたりしようものなら、「老人? その老人ってのは何のことだね?」てなぐあいに、質問と回答が同じになってしまうなりゆきも、考えられぬことではない。

つまり、「老人とは何ぞや?」は、その概念がつかみにくく、年代によってその言葉への反応がまちまちで、さらに時代感覚によってもさまざまなぶれをもつ、まことに厄介な言葉であることに気づかされるのだ。

そこで、辞書に助けを求めようと「老人」の項を引いてみたりすれば、「老人=年をとった人。年寄り」なんぞと、何の愛嬌も屈託も色気もない解釈が引き出されるばかりなのであります。

「若造り」対「老成」の構図

「老人」を辞書で引き、「年をとった人。年寄り」「老人福祉法などでは六十五歳以上を老人とする」などの解釈に出くわせば、老人という言葉にまつわる厄介などに蹴散らされるばかりだ。

そして老人という言葉が蹴散らされたにもかかわらず老人クラブ、老人週間、老人の日、老人病、はたまた大流行の〝下流老人〟などという、老人のついた言葉の奔流やひとり歩きに右往左往させられてしまう。ここでは何しろ、「老人とは何ぞや？」に集中したいのであります。

さて、私が自分に老人になりきれぬ高齢者であるという自覚をいだいている理由は、少年期から役所的後期高齢者となった今日にいたるまでの歳月の中で、さまざまな老人たる老人の見事さを見つづけてきた体験と結びついている。

自分が目撃し体感してきた、そのような老人たる老人が私にとっての老人のベースであって、自分がそこに至らぬという心境を、かなり以前から感じつづけている……そのあたりの心の内側に、いささか個人的事情がからんでいる感は否めない。

したがって、私にとっての老人には、「老人とは何ぞや？」の答えがつかめぬまま、感服してながめ接した老人らしいセンスに向ける憧憬が軸となっているのはたしかである。

ただ、それらの、老人たちをつらつら記憶から立ちのぼらせてみれば、現在の私よりはるかに年下だったことに気づき、不意をつかれる思いにひたることも多い。

そこからは、昔の人はある年齢になると老成する人が多かったということがみちびき出されてきたりもする。私は祖母の手によって育てられたのだが、その祖母が六十をすぎた頃すでに、老女の雰囲気を身にまとっていたのはたしかだった。

これは、祖母の時代の女性がかかえた社会的地位や、妻という立場の閉鎖性など、いわゆる男性上位社会の中での女性のありようであったかもしれない。いい年齢《とし》をしての若造りがヒンシュクを買う時代の中での、女性なりの穏便な対処の仕方が、祖母たちの時代における女性の平和的スタイルとなっていたと考えられなくもない。

だが、一方で祖母の生き方は、年齢をかさねること、つまり老成することに対する価値観につつまれる生き方であった……というふうにもとらえられるのではなかろうか。

その老成への価値観が失せた今どきの六十代、七十代の男女が、いわば若造りという苦肉の策にいそしむのは無理からぬ風潮、というふうにも思えてくる。そしてこのことは、老成はきわめて爪のかかりにくい境地だが、逆に若造りの小道具には事欠かぬという現代的雰囲気もかかわってくることでもあるのだろう。

何しろ〝進化〟の価値観が正義であるこの時代、若造りは日常的にそこにフィットする現象であるかもしれず、老成はうしろ向きすなわち〝退化〟のイメージを冠される可能性大だ。

だが、その〝うしろ〟をちょいとふり返り、老成という世界の髄のところにある魅力を見きわめたいというのが、この作品の目論見なのである。

少年と老成の合体

老成は何歳頃から身につくのか……という問題もまた、平均的にはとらえきれず、年齢の区切りなどもあてはまりにくい。

すでに、老成を身につけているのではないかという雰囲気の少年を、私は何人も見てきたような気がする。

子供というのは何かに凝ると、際限なく自分が興味をいだく世界の袋小路へと迷い込み、その領域に関心を示さぬ相手に向かっては何も語ろうとせず、ひそかなる悦楽をもてあそぶがごときテイストをおびたりするものだが、そこに老成の色が染められていることがしばしばなのだ。

その無口ぶりと、どこか大人びて、むやみにはしゃぐことのないキャラクターによって、〝博士〟や〝ご隠居〟なんぞというニックネームを献じられたりもする。天文に夢中になる子、昆虫採集に異常に興味をいだき深入りしていく子などが、記憶の底から何人か浮かび上がってくる。

大袈裟な天体望遠鏡を当たり前のような顔で使いこなしたり、大人も知らぬニューカレドニアあたりの秘蝶の数々を標本におさめてほくそ笑む少年は、友だちから敬遠されていたりもしていたが、あれも〝早熟の老成〟の一例だったのだろう。

私が、子供時代に凝ったのは落語で、ラジオの寄席中継に端を発して興味がつのったあげく、育ちの故郷たる港町から東京の親戚へ泊まりに行き、その目的が寄席で本物の高座を見ることだったのだから、まことに爺むさいガキ。「三遊亭金馬ってさあ、金歯だと思ったらぜんぶ銀歯だった」などと報告する相手は、学校の友だちというより祖母ということになる。

クラスの誰にもこのことは知られぬゆえ〝噺家《はなしか》〟なんぞという渾名もつかなかったし、芸の披露もできぬので、もちろん老成とは縁のない、単なる〝変わった子〟と言える子だったのだろう。

ただ、落語好きのせいかは分からぬが、やたらに人を観察する癖が身につき、天文狂や昆虫狂の老成した雰囲気に、じっとりした目を向ける子ではあったはずだ。

育ったのが港町なので、日曜日などに波止場の桟橋で釣りをやったりする習慣があったが、黙々とひとりで糸を垂れる一人の少年と、時おり隣同士に陣取るかたちになった。あるとき、その少年が餌を切らしたのを見て、私が餌のミミズを入れた缶をさし向けると、少年はかるく首をすくめてミミズを少し取って缶を返し、ふたたび黙々と糸を垂れていた。そのニヒルな横顔には、話しかけられるのを拒む雰囲気があった。

やがて、その少年は何やらもぞもぞとした動きをしたあと、魔法瓶のフタに湯を注ぎ、黙って私にさし出した。さっきのお礼のつもりだったのだろう。私は気おされたようにそれを受け取り、ひと口飲んでそれが砂糖湯であることを知った。

貧しい戦後の時代の子供にとって甘い物は宝物、それを平然とお礼の道具に使う少年は、あの砂糖の代用品たるサッカリンやズルチン全盛期において、おそらく裕福な家の子だったのだろう。そして私は、その砂糖湯の甘さから、老成した大人の味をかみしめたものだった。

ポーカーフェイス

大阪から東京へ向かう新幹線の中ほどの座席を向かいあわせにした中年の四人組の男たちが、上機嫌でポーカーをやり始めてから、かなりの時間がたっていた。名古屋をすぎた頃から、缶ビールをきこしめした酔いも手伝って、彼らの上機嫌の大声に拍車がかかった。

そしてその度を越えた、怒鳴り合いとも取れる大声のやりとりに、同じ車輛にいる乗客のフラストレーションが、着実につのってゆくのが、私にも手に取るように伝わってきた。

トイレの帰りに四人をちらりと盗み見るように通りすぎたり、ゴホンと牽制の咳払いを放つ人などの苛立ちが確実にふくらんでいるのはあきらかだった。勇気をもって注意する者は一人もあらわれない。

車掌がやって来たが、あいまいな感じで四人組の前を通りすぎ、声をかけるのを先送りをするけはいとともに別な車輛へ行ってしまった。頼りにならないな……そんな溜息が私を含めた何人かからもれた。が、積極的に四人組をたしなめる者はやはりあらわれない。

（こうなったら、誰かが車掌に注意をするよううながすしかあるまい……）

そんな思いが大方の客の中に充満してゆくさなか、さっき通りすぎた車掌が、四人組に近づいていった。さっきは、気づかなかったふりをしていたようだったが、あのときは金を払った乗客相手でもあるゆえ、イエローカード程度の目のチェックにとどめておいたのだろう。そして、もはやレッドカードを与える頃合いと判断して、戻って来たにちがいない……そんな期待が、私を含めた乗客の中に生じた。

ところが、四人組の少し手前のところまで近づいた車掌は、急に何かを思い出すような表情をつくり、なぜか腕時計を気にして、そこからＵターンする様子を見せたのだった。

その車掌を、四人組の背中にあたる席で、顔にハンカチを載せて眠っていたらしい、でっぷりと太った老人が、「あのな……」と呟くような、しかしその車輛にいる誰の耳にもとどくようなしわがれ声で呼び止めた。

　そして、老人は右手を宙に泳がせ、親指を反らすようなかたちをつくって四人組の方をうしろ手に指さし、目だけを車掌に向けて、

「やかましいて、よう寝られへんがな……」

　押し殺すような、そしてやはり誰にでもとどく声でさとすように言って、念を押すように車掌の目を見すえると、ハンカチを顔に戻してふたたび眠るかまえに入った。

　四人組は、その老人の不気味な迫力にポーカーの手を止め、カードを宙に浮かせ、お互いの顔を見つめ合って押し黙った。そして、ポーカーはごく自然に先細るように終わった。

　私はそのおさめ方に剣豪塚原卜伝《ぼくでん》流の無手勝流をかさね、己の気の弱さを恥じるのも忘れて、この老人こそポーカーフェイスだ……と感服したものだった。

大阪〝新世界〟の確信犯

大阪の通天閣周辺、つまり新世界へよく足をはこんだ時期があった。あの頃の新世界は大阪の北新地や南の盛り場とは一線を画する、昭和の匂いが過剰とも言ってよいほどただよっている、人間の坩堝《るつぼ》といった感じの街だった。

私は、新世界にある銭湯、将棋道場、大衆演劇の小屋などをぐるりと見回ったあと、フグの形をした巨大な提灯に「づぼらや」と記したのが目印の大衆的なフグ料理屋の前を通り、ジャンジャン横丁と呼ばれる商店街を徘徊気味に行ったり来たりするのが好きだった。

その日は、午前中に新世界へやって来てしまい、ちょいと腹ごしらえをしようと、「づぼらや」に入ってみた。フグをはじめとしていくつかぶら下がった品書きの中の二つ三つを選んでお茶をもらい、私は時をすごすというだけの気分で食事をしていた。ただ、私が店に入ったのは午前十一時過ぎだったが、すでにテーブル席の一角に、飲みすぎてつぶれかげんの男がいるのに気づいて、さすが新世界！　と拍手をおくりたくなった。

勘定を払って出ようとすると、ちょいと乱暴に入口の戸を引き開けて入って来た、新世界界隈がよく似合う雰囲気の老人が、何やら店の人に文句を言いつのりはじめた。どうやら、きのうこの店で食べたフグの胆《きも》に当たったとかで、その代金を返してもらいたいと申し立てているようだったが、店の人は迷惑顔で取り合わない。すると業を煮やした態《てい》の老人は、「大将呼ばんかい、大将を！」と大声になりはじめた。

すると、声を聞きつけた大将が、目をこすりながら面倒臭そうに姿をあらわし、穏便に穏便に……という感じでなだめはじめた。ところが、老人は興奮していて、声をしずめようとせず、

「あのな、おまえとこのフグの胆食うて当たった言うとんねや」

とさらに言いつのる。大将はそれでも穏便に穏便に……のかたちをくずすことなく、

がまん強くなだめていたが、老人がいよいよ埒があかぬというヴォルテージに盛り上がった頃合いを見はからうように、老人に近づいて肩にそっと手をやり、

「お客さん、そら無理ですわ。うちはフグの胆てな高級なもん出してまへんのや。そやから、当たるはずないんですわ……」

と言いふくめるように、耳にささやきかけた。たしかに、大衆的な料金で売っているこの店に、フグの胆は不釣り合いだと私は合点した。ところが、当の老人はまるで合点の様子がなく、

「フグの胆てなもん出してまへんやて？　ほならわしは何を食わされたんや」

と、いきおいが止まらない。

「あれはなあ、アン肝ですわ。アンコウの肝で当たってどないしますねん」

大将は最後通牒のようにそう言って、奥へ姿を消した。確信犯の老人はその姿を恨めしげに見送り、

「アン肝やったら、そら当たらへんわなあ……」

ようやくあきらめ顔で呟き、すごすごと出て行ったものでありました。

稲荷のお狐さんにオシッコが

大阪、新世界界隈のおはなしを、もうひとつご紹介したい。

先述した「づぼらや」の巨大な提灯を打ちながめてから、ジャンジャン横丁と呼ばれるせまい商店街に入るのだが、この横丁にはまさに〝市井の人〟の匂いがみなぎっている。やけに多い串揚げ屋や安くて旨そうな大衆食堂の看板をちらちらと見やりながら、かつての飛田《とびた》遊郭《ゆうかく》方面へ向かって歩く途中で、小さい電車の踏切を渡るのだが、やって来る電車を見たことがない。

それより、線路わきがブロック塀になっているのだが、そこに鳥居やお稲荷さんのつもりらしいキツネの絵が描かれていて、そのよこに「ここで小便すべからず」という文字が書き添えてあるところへ私の目は吸いよせられた。なぜ吸いよせられたかといえば、その文字や鳥居とキツネの絵がしっとりと濡れていたからだった。なぜ濡れているかといえば、もちろん誰かがそこへ立小便を放ったからにちがいないのだ。「ここで小便すべからず」の注意書きや鳥居とキツネの絵が小便で濡れている……その因果関係が新世界らしい匂い（額面通り）を放っていると感服したものだった。そして私は、そこから程近い通天閣の下にある銭湯の、男湯と女湯をへだてる岩の壁みたいな仕切りの途中にぶら下がっていた「ここへのぼらないでください」と書いた木の札を思い出した。

「ここへのぼらないでください」の注意書きの木の札は、もちろん、岩をのぼって女湯をのぞく不埒者が多く存在したことを大前提としてぶら下げられたはずだ。にもかかわらず不埒者があとを絶たないため、木の札はずっと取り外されることなくぶら下げられているということなのだろう。

「ここで小便すべからず」の文字と鳥居やお稲荷さんのキツネの絵が今も小便で濡れているのもまた、そこへ小便をひっかける者があとを絶たぬ証拠なのであり、この融通無碍《ゆうずうむげ》とも言うべき自由さというか自在さあふるるけしきが、公序良俗の底に沈む男の正味の寸法であるという気分を放っていた。

そんな風景を目のうらに灼きつけて、その先が飛田というあたりまで来ると、古着を売る露店の前で、いくつかのシャツを取っかえ引っかえ胸に当ててみては、店のオヤジの意見をきいている老人がいた。

「これ派手ちゃうかなあ……」

「いやあ、それやったらいけてると思うでえ」

「こっちの方がええんちゃうかなあ……」

「ああ、それもいけてるがな」

二人のやりとりに気をひかれて見ると、老人が胸に当てているのは二着とも、使いつくした雑巾のような色合いでその区別もつかぬばかりか、〝派手〟という言葉がとうていフィットしない、地味で陰気すぎる色のシャツだった。

通りすぎてかなり先からふり返ってみると、老人とオヤジが際限なく同じやりとりを繰り返している姿があった。お稲荷さんに小便をひっかけたのはどっちだろう……私は、市井人らしい市井人の二人の姿にそんな思いをかさねたものだった。

何億の商談と貧乏性

バブル時代の終わり頃、ある高級ホテルの最上階にあるラウンジの一角で、何やらひそかな商談をしているらしい二人の老人に、私は目をとめた。どうやら〝億〟の金がうごく件についての交渉らしかったが、その駆け引きめいた芝居っ気たっぷりのやりとりが手に取るようにながめることができる位置に、私の席はあった。

二人の老人の会話は、あたりを憚《はばか》るようでありながら、お互いに耳が遠いせいでかなり声高になっていた。私は、待ち合わせの相手が少し遅れているのをさいわいに、宿痾《しゅくあ》ともいえる人間観察へとみちびかれていった。

「にもかかわらず、ですよ」

痩せぎすの老人がそう言いながら言葉を途切らせてタバコをくわえ、内ポケットを探ったもののライターを忘れたことに気づいたらしく、太り肉《じし》の老人のタバコの上に置かれた百円ライターを、かるい会釈とともに手に取り、おもむろにタバコに火をつけながら、

「実にけしからんと思うのはですな……」

と、しばらく自論を述べたあと、太り肉の老人のタバコの上にあったはずの百円ライターを、二人の中間くらいのところへ置いた。

するとそれを見た太り肉の目に、ちらと不安の色がよぎった。そして、ケースからつまみ出したタバコをくわえ、テーブルの上のライターを取りあげて火をつけると、

「しかしですな、そこはやはり業界の常識というものでありましてですね」

とたしなめるように言って一呼吸おいてから、手に持ったライターをしめしをつけるように自分のタバコケースの上に戻したのだった。何億という金がうごくらしい商談と、百円ライターが自分からかすかに遠のくだけでザワつく貧乏性……この二つが同時進行するありさまに、私は思いもかけぬ贅沢なけしきを見物する思いにひたったものだった。

私は、次に瘦せぎすの老人がタバコをくわえたあとのシーンを想像し、ぞくぞくする

心持ちで二人の老人を見守った。太り肉の老人の貧乏性を計るため、瘦せぎすの老人はあえてあのような行為をしたのではなかろうか……そんな予感がわいたせいでもあった。あるいは、まったく偶然のなりゆきであったかもしれず、その答えが次のタバコの一服によって解明されるはずだと、私は将棋の対局を観戦する気分になっていた。

するとしばらくのやりとりのあと、

「まあ、平行線というところですなあ……」

と呟くように言った瘦せぎすの老人が、タバコをくわえてくれた。次の一手は……私は興奮をおさえながら見守った。その瞬間、二人の老人のつくる、仕事のスケールと貧乏性のヤジロベエという見がいのある構図が、遅れてやって来て私の向かい側の席に屈託なく陣取った友人の体の向こう側に、すっぽりと隠れ込んでしまった。私は、恨めしい目を友人に向けたものだったが、あれはたしかに嫌煙権が今日ほどの力を持たぬ時代の贅沢なけしきでありました。

運転手さんは勝負師だった

ある日、新橋演舞場で歌舞伎を見たあと外に出ると、かなり積もりそうな雪がいきおいよく降っていた。私は、少し歩いたところでためらうことなくやって来た空車に手を上げて乗った。そして、すぐ近くの入口から高速道路へ入り、我ながらうまくやった……とほくそ笑んだ。

こういうとき、余計なことを考えて後手に回りかねぬのが自分の特徴だが、今夜は敏速な反応だったと満足したのだった。この雪では、どうせ電車もとまっているにちがいない。タクシー料金を犠牲にしても、下手をして明け方の帰宅になるよりはいい、という気分だった。

だが、高速道路を注意深く走ったあと、タクシーはノロノロ走りとなり、停止することをくり返しはじめた。

「高速、降りますか……」

そう言ってみると、運転手さんは私の言葉にしたがって参宮橋の出口で高速道路を降りた。だが、一般道をちょっと走った前方に、すでに故障車がいくつか並びはじめていた。それを見て運転手さんが、「抜け道へ行きますか」となぜか弾んだ気分をあらわして言い、私はうなずいた。こうなったらプロの判断にゆだねようという思いだった。

ところが、その抜け道の中にも故障車が立ち往生していた。雪の素人たる東京らしいけしきだったが、今度は私がなぜか上機嫌になり、「引き返して、あっちの抜け道へ出てみたら?」と言ってみると、ベテランの運転手さんはしぶしぶしたがった。だが、その私の選んだ道もまたひどい渋滞で、お互いの意見を言いつのっては道を選び、道を選んでは引き返すことをくり返し、何と新橋から吉祥寺の自宅近くまで三時間弱を要したのだった。

新幹線なら東京から新神戸だな……そんな思いにひたりながら、その運転手さんとえらく長い旅をしたものだという思いをもてあそんだりして、私はけっきょく鬱陶しい気分にもならず、家の手前の小さい十字路でタクシーを降りることにした。今夜は、きわめて雪に弱い大都会たる東京らしい右往左往を味わったが、これもいつか物書きのネタとして使えるだろう、くらいの気分もあったはずだ。

ところが、運転手さんは何やら浮かぬ顔で、

「ここで降りるんですか……」

と不満顔をつくった。

「でも、すぐそこがうちですから」

「でも、いま七勝七敗なんですがねえ……」

「七勝七敗？」

「そうです、七勝七敗」

運転手さんが言っているのは、高速道路を降りるという私の指示から始まった走る道の選択レースが、ちょうど七勝七敗で、運転手さんと私のどっちが勝ったことにもならぬ状態であるということだった。だからと言って、雪の中を自宅の先までタクシーを走らせるのはいくら何でも酔狂すぎるわけで、私はけっこう高額になった料金を払ってタ

クシーを降りたが、そのときの運転手さんの寂しげな表情が目に残った。勝負師の運転手さんだったたってわけか……私は、そう呟きながら家のインターホンを押したものでありました。

小円朝！　小円朝！

勝負師のタクシー運転手さんとの七勝七敗のしばらくあとで、私はまたもや奥深い運転手さんと出会うことになったというオハナシをひとつ。

深夜における帰宅途中、タクシーのカーラジオからながれている古典らしい落語が、妙に気になっていた。私は中途半端ではあるが落語ファンでもあり、タクシーの中で深夜に一席聴ければもうけもの、といった気分もあった。

だがカーラジオからながれつづけているその落語の語り手たる噺家はおろか、落語の演目までもが特定できないのがもどかしかった。まるで、名前も分からぬ魚の刺し身を口に入れているようで、何とも手応えのない味わいなのだ。

「この噺家、誰でしたっけ？」

がまんできずにきいてみたが、

「そこなんですがね……」

高齢の運転手さんもどうやら私と同じレベルの中途半端な落語好きのようで、それを探りながら聴いていたらしい。志ん生、文楽、円生、可楽、三木助、文治、柳好でないことはたしかだが、声や語りの雰囲気から、もちろん今どきの噺家ではなさそうだ。

そのうち車は、大通りからわが家へ向かう路地を曲がってしまった。だが、落語はまだ終わりそうにない。カードでの支払いに不馴れらしい運転手さんがカードを処理する指先をもどかしく見ているうちに、私も落語に集中できなくなり、支払いのあと尻切れトンボの気分でタクシーを降り、わが家の玄関に入った。そして、玄関から居間へと向かいつつ、連絡なしの深夜帰宅に不機嫌をあらわしているであろうカミさんの顔を思い浮かべ、いくつかの言い訳を頭に浮かべた。

案の定、不機嫌そうなカミさんに、実は……と口をひらいたとき、居間のインターホンが鳴った。首をかしげて受話器を取ると、

「小円朝《こえんちょう》！　小円朝！」

という運転手さんの叫び声が耳にとどき、つづいて車の走り去る音が伝わってきた。玄関の鍵をあけてから少しは時がたっているはずだから、私がタクシーを降りてから何分かがたっているはずだった。運転手さんは、私が降りたあと車をとめたまま件《くだん》の落語を最後まで聴き、その演者たる噺家の名を聴きとどけた。そして、それまでの私の鬱屈をたどり直すや、車の外へ飛び出して私の家の玄関のインターホンを押したのだろう。

親切というか武士の情というか相身互《あいみたが》いというのか、深夜一時すぎに他人の家のインターホンを押すのには、かなりの勇気と決心もいったことだろう。今どき古風で奇特な運転手さんだな……と、私は感服した。

私は四十分の鬱屈が体から抜ける気分で、ふーっと息を吐いた。そして、なるほど三遊亭小円朝は声が特定しにくい噺家だ……と、安堵するような気分をおぼえたのだった。

次に、その小円朝の何という演目だったのかを言わずに去った運転手さんに、いささかうらみがましい気分が残った。そして中途半端な落語好きゆえのなりゆきをかみしめながら、私は中途半端でない不機嫌をあらわすカミさんの顔へ、弱々しく向き直ったのでありました。

深海鮫のような老人

前日に、羽田空港から飛行機で新千歳空港へ飛んで空港内のホテルに泊まり、新千歳空港駅から電車で十勝へ向かっていた。しばらく時がすぎ、読んでいる本から目を上げると、向かいの席の老人がじっと私に視線をおくっていることに気づいた。

「いやいや、私はドクターでしてね……」

老人は、私が本を読み終えるのを待っていたかのように、目が合ったとたんにそう言って微笑んだ。私は、老人が何ゆえ身分を明かしたのかも解せぬまま、「はあ……」とあいまいな声を出した。

「お仕事で北海道へ?」

老人は、私の意識のながれなどかまわずに言葉を向けてくる。

「まあ、ちょっとした仕事で……」

「お疲れでしょう」

「は……」

「いや、そんな様子に見えましたのでね」

「まあ、このところちょっと忙しかったもので……」

「いやいや、現代人は誰もが疲れていますからなあ。あのね、実は、ボクも東京から帯広へ行くところなんですがね」

「それは、ドクターのお仕事で？」

「仕事ではない、とも言いかねますがね。ま、ボランティア気分の人助けというところですかな……」

老人は、帯広近辺に住む何人かの末期がんの患者に薬を渡しに行くのだと言いながら、バッグの中を手探りし、何かをつまみ上げて宙にかざしてから、周囲に気を配るように声を押し殺して言った。

「何かのご縁だ、これをひとつお分けしましょう」

「……」

「いやね、これは深海鮫《ざめ》のエキスですわ。深海鮫はあれほどの深海の、酸素が希薄、それに強い水圧、しかも真っ暗な深海を泳いでいる。ふつうの魚では、とうてい耐えられるものではない。とにかくすごいエネルギーです。で、これはその深海鮫の肝臓に蓄積された油脂化合物、つまり深海鮫のエネルギー源なんですわ」

「で、これが末期がんに効くと」

「疲れにも効く。あなたも飲んだ方がいい。このフタをひねって水を使わずに飲む。深海鮫のエキスが、喉から食道へゆっくり降りていくような飲み方がいいですな」

「……」

「ま、タダというのも不気味でしょうから千円でよろしい」

私は、ドクターと名乗る老人から小さなカプセルを受け取って千円を渡し、おもむろに口へもっていった。濃い脂が喉からゆっくりと食道へ降りてゆく感触が、奇妙な味わいだった。そして、ふたたび本へ目を戻したものの、その内容がまるで頭に入ってこなかった。それは、目が合ったとたんに私の神経を掌《たなごころ》の上に乗せ、一人芝居の役者のようにあやつった、深海鮫のごとき老人のフィクション性に、手にする本の内容がとうてい追いつかぬせいであるにちがいなかった。

あのね、わたしはエライんです

かなり前のことだが、友人に京都の仁和寺の境内における花見の宴へさそわれたことがあった。友人が仕事の関係で知り合った京都在住の方が、席を用意してくれるということで、私はノコノコと出かけて行った。

仁和寺は、宇多天皇が建立し、退位後にそこに御座所を設けたことから、御室《おむろ》御所の別名があり、江戸初期の野々村仁清《にんせい》の仁和寺門前に開いた窯が〝御室焼〟と称され、京焼の一時代を築いたという経緯などのからむ、人気の観光スポットでもある。

そして、染井吉野よりやや遅れて咲く仁和寺の桜は〝御室の桜〟の名で知られ、岩盤のせいで背が低いともされる。その背の低い桜を間近で鑑賞する花見には独特の風情があり、京都の人々のあいだでも人気を呼んでいるということだった。

仁和寺へ行ってみると、緋毛氈《ひもうせん》の上に何組かの宴の用意がされていたが、花見の開始にはいま少しの時間があるらしく、友人と私は仁王門や五重塔を漫然と拝見しながら宴がはじまるのを待っていた。花見の宴は、どうやら一般の観光客が帰ったあとに始められることになっているらしかった。

六時になると、すでに緋毛氈の上に坐って席順を決めている京都在住の方が、友人と私を手招いていた。そこへ向かおうとすると、帰りがけの観光客の一人が私に声をかけた。

「うかがいたいんですが、私たちは六時で外へ出されるわけですが、あなた方はどうしてこのあと、ここでお花見ができるんですか……」

私は、その疑問はもっともだと思ったが、たしかなことが解らぬまま、なりゆきで宴にまぎれ込んでいるような立場でもあり、その観光客に返す言葉が見つからなかった。

友人の知り合いである京都の方が、仁和寺との縁が深い方であるのか、寺への寄進をおこたりなく続けている方であるのか、あるいは住職と特別な仲でもあるのか……そのあたりも漠然としている状態なのだ。ただ、このあとの花見が、一般の観光客の目からは、かなり特権的な贅沢に感じられるであろうことは理解できた。

「あの、ですね……」

答えをさがしあぐねている私のそばへ、京都在住の方が、もどかしい表情で近づいて来て、なぜ早く花見の席へ着かぬのかと、私たちを急かせるように言った。私がその場のなりゆきを説明すると、京都在住の方は「フン、フン、フン」とうなずいたあと、

「あのね、わたしはエライんです」

と、観光客にさとすように言って、ごく自然に私たちを花見席へいざなった。

ある意味、それは首をかしげた観光客への、まことに親切な言葉だった。たしかに、余計な無駄を省いた簡潔な表現ではあったのだが、知らぬ人に向かって「わたしはエライんです」と言い放つ都人《みやこびと》と、これから花見をともにする二時間ばかりを想像して、貧乏性の東男《あずまおとこ》たる私はやや気が重くなっていた。そして、この小物ぶりで御室の桜を見に都へ足を向けること自体、どだい無理なはなしだったのだと後悔しつつ、私は友人のとなりの席へおずおずと坐ったものだった。

第二章　老猿に道をゆずるの巻

老猿に道をゆずるの巻

何年か前、かなり遅い四十肩（五十歳ならば五十肩、六十歳ならば六十肩というのだろうか?）になって、あらゆる治療を受けたものの効果の手応えが得られず、「歩いてみたらどう?」という知人のすすめで、しばらく散歩をやってみると、ごく自然に肩の痛みが抜けたことがあった。

それが歩いたせいなのか、整体、鍼《はり》、灸《きゅう》、指圧、カイロプラクティック、気功、十字式健康法など、人にすすめられることをすべてやってみたあげく、ようやく散歩の効果で治ったのか、ただ治る時がきたときに散歩をやったためなのか、今となっても定かにはつかめないのだが、やってみると散歩も悪くないという気分が生じたのはたしかだった。

ただ、私の性格上、ウォーキングをやってます……というふうに見られるのがいやで、スポーツライクな服装というより、街へ買い物に出かけるくらいの軽装をつくった上、手にハガキなんぞを持って家を出るのがつねだった。ハガキの意味？　まあ、何となく郵便局へ行く途中という態をつくろうという姑息な手段であります。

世間さまはそんなに暇ではなく、他人が何を目的に歩いているかなどに興味の目を向けることもないとは承知しつつも、それがワタクシ流の自意識というやつの右往左往ぶり。今にしてふり返れば大人になっても大人になり切れぬ己をかみしめるばかりだ。

そんなある日、いつものコースからわが家へ向かう一本道で、不意に目の前にあらわれた何ものかに気づき、私は思わず足を止めた。私の前にあらわれたのは、左側の家の垣根のあたりから出て道を渡ろうとしたが、歩いて来る私に気づいて、一瞬そのうごきを止めた赤ら顔のサルだった。

あちこちの住宅街にサルが出没しているという記事が出たりしていた頃で、そのうちの一匹ということになるのだろうが、まったく予想もつかぬ相手に出喰わして、私もサルと同じように足を止めた。その赤ら顔、うす青く濁った瞳などから、かなりの老齢と見えた。私は、なぜか大先輩の邪魔をしてはならぬという気分になり、足を止めたままそのサルに向かって、「どうぞ……」と道をゆずる仕種《しぐさ》をしていた。

するとう、老ザルは不思議そうに首をかしげたあと、「そうかい、悪いねえ……」という感じで私の前を悠然とよこぎり、反対側の家の庭の中へ姿を消した。私は、呆然とその姿を見送りながら、〝老人のライセンス〟を持ち合わせる老ザルと、それを会得できぬまま中途半端なウォーキングにいそしんでいる自分との力関係をかみしめたものだった。

そのときの老ザルの、電車の中で若者に席をゆずられて、悠然とその親切を受け入れる老人や老婦人に通じる自然体が、今も私の目にはやきついている。そして、吉祥寺の一角にあるわが家の近くでサルに道をゆずった気分には、ある種の都市伝説的体感がかぶさっていたのもたしかだった。

蓮っ葉な女の読書に翻弄される

電車の向かい側に坐っている若い女性が、妙に気になっていた。

ホンモノのようなニセモノのような毛皮（ということはニセモノ？）のハーフコートを着て、化粧ケースらしい箱を足もとに置き、手に持った本を読みふけっている。口紅の色はクレヨンのごとき安っぽい単純明快な赤。その口紅をややせまく描いているために、口紅の外にこんもりとした唇のかたちが見えていて、それが何となく艶っぽい。先細のジーンズに銀色のサンダル、コートの内側には、口紅と同じような色のVネックのセーターを着ている。

私は、その女性が読んでいる本が何なのかを知りたくなった。出立《いでたち》と電車の中で本を読みふける行為が、何となくそぐわないように感じたせいでもあったが、何といってもその女性のタイプに、なつかしい記憶をみちびき出されたせいでもあり、彼女との距離がぐんと近く感じられているためでもあった。

静岡県の静岡市清水区……今はそんなふうに呼ぶ、かつての次郎長ゆかりの清水みなとが私の故郷である。少年時代、波止場に近い盛り場のバーの前に突っ立ち、海の仕事をする荒くれ男に口笛を吹かれていたお姐さん……向かいの席の女性のそこにかさなる風情に、私はなつかしさをおぼえたにちがいなかった。

女性は、電車が駅にとまるたび、首をねじってホームを振り返る。降りる駅を電車が通り過ぎてしまうのを気にしているせいのようだった。女性が首をねじるたびに首の付け根にあるホクロが目立ち、ゆるめのセーターのVネックの内側に、微妙に盛り上がる色白の胸のふくらみのけはいが生じる。

故郷の清水みなとを思い出させてくれる蓮っ葉ぐあいが、すべてにおいて完璧だった。私は、ストーカー直前の神経で彼女の表情や仕種を観察しはじめた。それにしても、この理想のタイプの女が、かくも熱心に読みふける本はいったい何なのか……。

私は、自分が降りるべき駅をとうに通り過ぎていることを承知の上で、その本を確認するまではこの電車を降りられぬという気分になっていた。

ある駅でとまった電車が走り出す直前、女性はあわてて立ち上がったが、その拍子に彼女の手をすべり抜けた本が、私の足もとに落ちた。私がそれを拾って渡すと、彼女はペコリと頭を下げて受け取り、脱兎のごとく出入り口へ向かった。

私の目のうらに、女性に渡すときにそっと覗き見た本の内側のけしきがしばらく灼きついていた。見開きページには、枠目と白黒の丸の組み合わせがあるだけで、それが囲碁の教則本であることがすぐに分かった。清水みなと風の蓮っ葉な女が、電車の中で囲碁の本を熟読する図柄でありました。この白日夢的けしきの残像とともに、私はとりあえず次の駅で電車を降りたのだった。

インカ帝国に発破をかける？

かつて〝スガチン〟というニックネームをもつ菅野邦彦という、とてつもなくジャズっぽいジャズピアニストがいた。いや、今もどこかにいるはずだ。自由自在と言えば自由自在、病んでいると言えば病んでいる……何となく正体がつかみにくいご当人の個性と、その演奏ぶりが溶け合う愛すべき人だった。

あるとき私が、その年のカーニバルの時期にブラジルへ旅行することを伝えると、スガチンも、同じ時期にブラジルにいるという。私は世界を渡り歩くスガチンが、どんな時期にどこにいても当然という気がしたものだった。

「あっちで会いますか」

「あっちって、ブラジル？」

「ええ、リオの友人のオフィスでいいですか」

スガチンは、友人のオフィスの電話番号を書いたメモを私に渡し、唐突な計画を口にした。

「あの、インカ帝国のインカって言葉ね、あれはゴールド、金という意味だそうで」

「はあ……金の帝国ってことですか……」

「で、その金がどこにあるかって言うと、ウルグアイとブラジルの境目に山があるんですが、その雪で覆われた山そのものが金ではないかという説がありまして。そのヘリは私が用意しますから」

「ヘリ……」

「雪で覆われた山ですから、発破かけてみないとその説の真偽が分からないというわけでして。雪に覆われた山自体がゴールドですから、発破で雪がはがれたとたん、まばゆい金色がピカーッと。でね、これが金でないとしても、やっぱり痛快じゃないですか」

「まあ、その山が金であるという説を一気に否定する証明にはなりますからね……」

私は、ただ受け身になってうなずきつづけるだけだった。そして私はスガチンのメモを手にブラジルへ飛び立った。約束した以上、リオ・デ・ジャネイロのカーニバルには行かなければ……と思うものの、スガチンとの約束は妙に重かった。それでも決心してカーニバル見物をスケジュールに入れ、リオに着いてすぐにメモの番号へ電話してみたが応答がなかった。

カーニバルのときにブラジルのオフィスに人がいるわけがない……と納得すると同時に、私は体の芯からすっと力が抜けていくのを感じた。

ヘリで飛んで雪山に発破をかけるったってアナタ、そんな絵空事がすんなりはこぶわけないし、危険きわまりない所業じゃないですか……私は胸の内にわくスガチンへの突っ込みをかみしめつつ、観光客としてリオのカーニバルを見物して帰ったのだった。

それからしばらくして、東京の街なかで偶然に会ったスガチンにその顚末を告げると、

「え⁉　本当にブラジルへ行かれたんですか」

ジャズピアニストらしいジャズピアニストたるスガチンは、申し訳なさそうに頭をかいた。そのとたん、私の頭の中のインカ帝国は、発破ぬきで粉々に吹っ飛んだものでありました。

ハイソはサイテーってことなのよ

〝ヨシワラさん〟は、タモリさんが突然という感じで始め、たちまち人気を博した空気を、あっさり置き去りにしたように終えてしまった「ヨルタモリ」という番組の舞台である酒場にやって来る常連客で、東北にあるジャズ喫茶のマスターの名前だった。

スタジオの設定は湯島の小路にある小さな酒場で、ママを演じるのが宮沢りえ。そこのカウンターに、ひと目で異色的キャラクターを感じさせる常連客が陣取っている雰囲気。そこへ〝本日のゲスト〟が店のドアを開けて入ってくると、宮沢りえのママがしばらくゲスト紹介をかねた応対をするのだが、この宮沢りえは絶品だった。程よく醸された女の香りをベースに、小気味よいリズムにとんだやりとりをゲストと交わす。その魅力はまことに比類なきものだった。

宮沢りえが、ちょうどいい湯かげんに風呂の湯をかき回した頃合いに、ぞろっという感じで入ってくるのがタモリさん演じるところのヨシワラさんで、ママはゲストにヨシワラさんを紹介し、三者のあいだにジャム・セッション的雰囲気が生じてゆく。ゲストのありように呼応するタモリさん、くり出すワザは、「笑っていいとも！」でブレイクする以前の、赤塚不二夫さんの食客時代のタモリさん一流の〝毒〟を、微妙にはらんでいて、今どきのテレビ番組でお目にかかりにくいスリリングな面白さが、一瞬、生じたりもする。

ヨシワラさんの雛型は、岩手県一関《いちのせき》市にある全国的に有名なジャズ喫茶「ベイシー」のマスターである菅原正二さん。ジャズに縁のある人はその名を知るコワモテの御仁だ。そして、私も数多い「ベイシー」ファンの一人で、いっときはよく通ったものだった。私の場合、ジャズについてはド素人であり知識も造詣もなく、菅原ファンたる友人と称した方がいいだろう。

その菅原さんは、昭和三十年代における早稲田大学の学生バンド「ハイソサエティ・オーケストラ」のバンドマスター。そしてタモリさんいや森田一義はその〝ハイソ〟の一年下のマネージャーだったから、〝バンマス〟と〝ジャーマネ〟の力関係は当時のまま、今も菅原さんは「タモリ」と呼び捨て、タモリさんはさん付けで菅原さんを呼んでいる。だが、この両者のお互いの仕事の中心軸への信頼感は絶大で、得も言われぬ密で濃い関係が今もつづいている……そのながれでの、タモリさんによるヨシワラさんが実現したのだ。

「ところで慶応じゃあるまいし、〝都の西北〟の早稲田のジャズと上流社会《ハイソサエティ》は合わないんじゃないの」

私があるとき、そんな茶々を入れてみると、菅原さんはすこしもさわがず、

「あれはね、ハイソは最低《サイテー》ってことなのよ」

眼をギョロリとみひらき口ヒゲをなでながら、悠然とそう言い放ったものだった。

アンタ、寝る前に息を止めるの?

困ったときの「ベイシーだのみ」……「ベイシー」とは岩手県一関市にある、全国的に有名なジャズ喫茶で、マスターが早稲田大学のジャズ・オーケストラ「ハイソサエティ・オーケストラ」のバンドマスターであり、その一年下のマネージャーがのちにタモリとなる森田一義だったという話は、前にも書いた。

一度書いたのに、ここでまた書こうとしている……こんな私の心もようが困ったときの「ベイシーだのみ」なのである。相手が有名なジャズ喫茶であるゆえ、「ベイシーだのみ」は本来、ジャズに関する問題であるべきなのだが、ベイシーの常連の端くれに名を連ねる者でありながらジャズに知識も造詣もない私の「ベイシーだのみ」は、ひたすらマスターである菅原正二さんのキャラクターへの依存に終始するのであり、今回のおはなしもそっちの方であります。

ジャズファンにとって神社みたいな威厳を持つ「ベイシー」には、全国からおびただしい参詣人がおとずれつづけているのだが、その中には全国のいろんな街のジャズ喫茶のマスターが多くいる。町内の神社の宮司が本宮にお参りする行脚《あんぎゃ》とでも言えるのだろうか。

で、「ベイシー」のマスターの菅原さんは、ジャズ喫茶としての営業を終えて店を出るとき、店の奥に位置するアンプのグリーンの小さいあかりだけを残し、他のすべての電源を消して帰るのが習慣……てなことを、客たちへのみやげ話のように話して聞かせることがある。

「え、アンプのあかりをつけておく？　なんでそんなことするんですか……」

とまあ、このような反応を口にする人が多かったというデータに沿って選んだみやげ話なのである。

このときスガワラ少しもさわがず……では、ジャズでなく義太夫風になってしまうが、そうくるか……といった気分をその顔にあらわして、まずにんまりとした独特の笑顔をつくる。

そして次に、相手の目をギョロリとした眼でのぞき込むわけだが、この表情は義太夫のさわり的な迫力がからんでいる。「アンプの光だけは消さない」という名物ジャズ喫茶のマスターたる菅原さんのこの説明に、そんな大袈裟な……といった相手の色があらわれたのを見逃さぬといった、義太夫というより初代市川團十郎の〝睨み〟に近い神がかった、いや神っている凄みがその大見得にはからんでいるにちがいない。

「アンタ、寝る前に息を止めるの？」

というのは、相手の目の奥をのぞき込み、たっぷりと時間をとったあげくのひとセリフ、ジャズ喫茶のアンプは人間の〝息〟と同じというわけだ。

それにしても深夜、すべての客を送り出したあと、アンプに緑色の小さなランプだけが点っているのを確認し、暗闇の中をあとずさるように自分の店である「ベイシー」を出るマスターのうごきは、ジャズでも義太夫でも歌舞伎でもなく、あたかも能のごとく……ということになるのでありましょう。

自動販売機の呪縛

駅の自動販売機で、千円札をつかってお茶を買うことがたまにあるのだが、そのたびに私は自分の貧乏性が炙り出されるような気がして、ついあたりを見回してしまう。

さすがに、インチキをしてお茶を手に入れるというたぐいの事柄ではないが、その瞬間、私は自分の中にバレないように隠し込んでいる貧乏性が、ふっとあらわれてしまうことに怯えるのである。

〝その瞬間〟とは、千円札を入れボタンを押すと、お茶のペットボトルがドスンと受け口に落ち、つづいてお釣りのコインがチャリンと受け皿の上に落ちる……その瞬間のことなのだ。ここで私は、まずお釣りを取ってポケットにおさめ、次にお茶のペットボトルを取るのが無意識の習慣となっている。

問題は、まず先に〝金〟に手がのびる……という自分の習性である。これはあまり上等な習性ではないのではなかろうか。たまには先にお茶のペットボトルを手に取り、ゆっくりとお釣りのコインに手をのばしてもよろしいではないか。それがいつも、誰かに取られるのを防ぐためであるかのごとく、すーっと自然に手先が〝金〟に吸い寄せられる。この仕種の手順には、自分の体のうちに寝かされつつ隠し持っている〝金〟への執着心、あるいはそれを前提とした他人への警戒心などがまぶされているのかもしれない。そこには、別の事柄にさいしてもあらわれる、自らの貧乏性の匂いもまたからみついているにちがいないのだ。

そして、ヒトサマはこれをどのような手順でこなしているのだろうか……と想像するのだが、ヒトサマの仕種はきわめて自然なながれのように見えてしまう。

そんなことを気にしすぎると、左右の手と足をどの順番でうごかしながら歩けばよいのかというあたりまでいってしまい、ただ単に歩いて前へ進むことさえ、ぎこちなくなってしまいそうだ。さりとて、自然のながれにしたがっていればいい……と達観したとて、やはりドスンと落ちるお茶のペットボトルより、チャリンと落ちるお釣りの硬貨つまり〝金〟の方へ先に手が吸いよせられるだけのことだろう。

いや、〝金〟に先に手をのばしたからといって、それが貧乏性の証しというわけでもあるまいと心に決め、そうなったらそうなっただけのことなのだと居直り気分をつくり、いま私は自動販売機の前に立っている。

私は、千円札を挿入口に入れた。するとその千円札がすーっと引き込まれて消えた瞬間、大丈夫かな……と、ちょっとざわつく気持ちが生じていることに気づいてしまった。そのざわつきは、消えた千円札が目の前から消えただけでないことを希《ねが》う心根であり、これもまた危ない貧乏性ゆえだと気づかされたのだ。

次に、ドスンとお茶のペットボトルが落ち、間髪を入れずという感じで、しかも私を試すようにチャリ、チャリ……と、いつになくゆっくりとお釣りの硬貨が落ちてくる。そして私はやはり、お茶のペットボトルではなく、お釣りの〝金〟の方へ先に手をのばそうとしているというありさまである。

目薬は古式にのっとってさすべし

目薬をさすとき、なぜ口をあけるのか……これは、自分をもふくめた人の仕種の不思議のひとつとして、私の中に宿っているこだわりのひとつだ。

目薬は本来、目にさすものだ。ところが人は目薬をさすとき、おもむろに目薬を宙にかざしてその下に上向きの顔をもっていき、まず目薬をさすべき目をとじるのだ。そして、そのとじた目を指先でこじあけるようにしてから、そこへ目薬を滴らせる。どうしてこのような面倒な手順を踏むのか……という思いにひたりつつ、私も同じ手順を踏んでいることに気づく、ということのくり返しだ。

考えてみれば、最初の体験はおそらく子供の頃のことなのだろうが、自発的に目薬をさしたとは思えない。目にゴミが入ったようなとき、母親か医者か、ともかく大人の手によって目薬をさされたはずなのだ。暴れたりもがいたりするのを抑えつけられ、強引に瞼をこじあけられ、そのかすかな隙間に目薬を滴らされた……これがほとんどの人の目薬における原初体験というものでありましょう。

それがトラウマ的習性となり、自分で目薬をさすときも、そのかたちを踏襲してしまう。あの、自分で自分を強姦でもするような不可解な目薬のさし方は、そんなことに由来するとしか考えられないのだ。

ところが、若い世代の人のスタイルはまた別なのだ……ということを電車の中などで発見することがある。たとえば向かいの席に坐る若い女性がバッグから目薬をつまみ出し、上も向かず目もとじず、パッチリとあいた目に向かって、よこからピッと目薬をごく無造作に放射する。そして、そのあととじた瞼の内側で、眼球をぐるりと二周ばかりさせて終わり……といったようなシーンをよく見かけるのだ。

「あれは、古式にのっとってないな、所作にかなってないもの……」

となりにいた同級生がそれに気づいて私にそっと呟いた。私の同級生ということはやはり後期高齢者であり、私とちがって社会人のステップを着実に踏んで仕事をつとめ上げ、いまようやく会社から離れて趣味のゴルフと俳句、あるいは会社の同期会や出身校の同窓会にいそしむという、型通りの年齢《とし》のこなし方をしている男だ。彼にとってもやはり、向かいの席の若き女性の目薬のさし方はうなずきかねるやり方であるらしい。それにしても、〝古式にのっとっていない〟は大袈裟だな……と、心の内でうなずきながら、

「そうねえ、目薬さすときの所作にかなってもいないないな」

と、私もまた似たような古流で同意していた。

そして、目薬をさすときまず上を向いて目をとじ、そのとじた瞼を指でこじあけた隙間へ、宙にかまえた目薬を狙い打ちのように滴らせるという……思えば不自然なこのスタイルが自然に見えて、合理的で無造作で自然な目薬のさし方に不自然さを感じるというのもまた、人のつくる風景の不思議なのであり、この古式を消し去るのはもったいない気がしないでもないのである。

男がヒゲを生やすきっかけ

男がヒゲをたくわえるきっかけは、人によってそれぞれであるにちがいない。

仕事の旅で海外へ行き、アメリカやヨーロッパの男の風貌にくらべ、自分の顔が何となく子供っぽく感じられて、その気分を解消するためにヒゲを生やす……というケースは何人かから聞いたことがある。

ある地位を得た男が、その立場にふさわしい風貌をつくるためヒゲをたくわえる、あるいは会社づとめを終えてヒゲをそる習慣が途切れたのをきっかけに……という例も多いのではないか。教授になったのをきっかけに……などというのもこの範疇《はんちゅう》に入る理由だろう。

さて、私にはむしろヒゲを生やさない理由というのがある。あるとき、私はいたずら心にヒゲをたくわえてみようと思い立ち、しばらくヒゲそりをやめていた。すると、自分のヒゲのタチとでもいうものが次第にあらわれ、ヒゲを断念するにいたった。

私のヒゲは、口ヒゲと唇の真下あたりと顎の下くらいしか濃く生えないことがわかったのだ。このながれで自分のヒゲの行先を想像してみると、幕末の港町にあらわれた唐人の皿回しという役どころ……とうてい西洋人的大人びた風貌などにいたるはずがない。その直感が、私のヒゲをあきらめた理由というわけである。

かつての私の同僚で、惜しくも六十半ばでこの世を去った、文芸評論家にしてスーパーエディターたる〝ヤスケン〟こと安原顯《やすはらけん》は、出会った頃から口ヒゲをたくわえていた。そのヤスケンがヒゲを生やしたのは、悲しくも滑稽なきっかけによることだった。

ヤスケンは、天然パーマのチリチリヘアで小柄で丸顔、ポッチャリ型の体軀で筋肉とは無縁にして運動は大の苦手。ひたすら己の好きな狭いゾーンに輝く文学の熟読にいそしむタイプだった。ただその性格は、「あのよう、あんなチンケな作品はシカトしたいところだけどよう」てな啖呵《たんか》口調で熱弁をふるう男っぽいタイプだった。

そのヤスケンの若きみぎりのある日、デパートのエスカレーターで降りて行くと、下から上がってきた女子高生の二人がすれちがいざまチラリと彼を見てクスッと笑い小声で囁き合った。そしてその小声の囁きを、ヤスケンの耳は鋭く感知した。

「あのオバサン、オジサンっぽいね……」

それが、女子高生の囁きの内容だった。

「オバサンっぽいオジサンならゆるせるけどよ、オジサンっぽいオバサンってのはゆるせなかったね、基本がオバサンってのはよう」

それが、ヤスケンが口ヒゲを生やしたきっかけだった。相手が自分をオジサンっぽいオバサンと見立てたことへの、心弱い解釈法ではあるが、ヒゲを生やすという方向へ怒りのホコ先を落着させたところは、ヤスケンもなかなかの大人だったと、唐人の皿回しになるよりはとヒゲを生やすのを断念した私は感服したものでありました。

雨への気づきを、気づかれたくない

年齢とともに髪の毛の量が心細くなって、額の生え際が上がってゆき、やがて額と生え際の境目がなくなる……この現象についての悩みをかかえる人々のための、何種ものの人工による解決方法が編み出され、大いなる需要を生んでいるのも、今日という時代の様相のひとつだろう。

とくに、日本人は髪の色が黒いせいで、その傾向が気になる度合いが強いのだと指摘する人もいる。そして、日本人全体に広がる若返りへの信仰や、老成という世界への価値観の欠如が、この悩みに拍車をかけ、次々と解決法が編み出されているのだが、たしかにそのベースには日本人の髪の毛の色が総じて黒いということがよこたわっているのかもしれない。

たとえば、金髪の西洋人であるならば、髪の生え際と額の境界線など、はじめからあまりくっきりとはしていないようにも思える。それに、ヨーロッパの大人は若造りにいそしむよりは、年齢の熟成を感じさせる風貌への価値観が高そうだ。したがって、髪という存在の心細さが目立たぬ上に、グレードアップした風貌に向かう姿勢が健在であるがゆえに、俳優やタレントあるいは政治家でもないかぎり、その自然体が魅力化してゆくケースが多いのではなかろうか。

もっとも、往年のハリウッドスターの映画をDVDで見たりすると、あきらかに〝本物〟ではない髪の仕立あがりが露見することしばしばで、見る立場としても一瞬ひやりとする気分がはしることがある。やはり、人前に容姿をさらす商売であるならばやむを得ぬ、いわば苦肉の策というものなのだろう。

いつの日からか、日本でも剃髪というヘアスタイルが市民権を得て、この流行はさまざまなタイプの男を救っているようだ。かつての作務衣《さむえ》の流行とかさなるのだが、剃髪にはどこかアート的なセンスがまぶされているように映ったりする上に、これで何が悪い！　というエネルギッシュな前向き感もあり、剃髪の流行は多くの男を支えているにちがいない。

ところで、若くして髪の生え際と額の境目が心もとなくなり、そのままのなりゆきで老齢を迎えた私と同年代のある男性は、髪の毛に対するあらゆるカンニングを拒否し、自然体のまま悠々と時をすごしている。ところが、ある瞬間、その自然体に破れ目があらわれることがあり、そのたび私は笑いをこらえる礼儀を守るのに苦労してしまうのだ。

二人で歩いている途中で、ポツリと雨が降ってくる。そんなとき、私が「あ、雨じゃない？」と言っても、彼はうなずきもしないという素っ気ない反応をあらわす。彼は、自分から先に雨に気づいて声を出すことがない。かならず、私の言葉で彼が気づくという構図になるのだ。彼は私より早く雨に気づいているにちがいないのだが、自分の頭天辺が雨滴を感じやすいせいで、私より先に雨に気づいたと思われたくないというのが、その構図のよってきたるところなのだ。

何十年にわたって彼とつき合っているのだが、このこそばゆさは今もあいかわらずなのである。

痒いときは掻くべし

痒いときはどうしたらよいかと言えば、それは掻かないこと……というのはよく聞くセリフで、それができれば苦労はない。痛いのはひたすらがまんするしかないが、痒いときはなぜ掻きたくなるのだろう。これは不思議な誘惑である。

「痒い」を辞書で引いてみても、「皮膚がむずむずして、かきたいような感じ」などと出ている。人は、痒ければ掻きたくなる業《ごう》をもっているような気さえする。「痒いところに手が届く」という表現にも、「細かな点まで気がついて、配慮が行きとどく」といった感じで、つまり痒いところを掻くという行為に、プラス・イメージがからみついてくるようですらあるのだ。

一方で、「小さな痛みなどによって皮膚がむずむずして掻きたいと感じる」という解釈もあり、どうやら「痒い」の原点というか中心には「痛い」があるというけはいもある。つまり、かるい痛みが痒さなのであり、痒さの延長線上には痛さが待ち構えているというわけだ。

さらに「痒いところがかかれて物が言われない」なる古川柳もあるようで、こうなると至福の快感という地平ではないか。それならば、むしろ痒いところがあって、何かの事情で掻くことができないときの精神的苦痛を思えば、痒ければ掻くべしということになりそうなものだ。

室町時代の画僧・雪舟が、小僧のころ蔵の中の柱に縛られたお仕置きの中で何事かを観じるエピソードを読んだことがあったが、子供用の本には柱に縛られた小僧の雪舟が、足もとに落ちた涙でネズミか何かを描く絵が描かれていたような気がする。

だが、夏の蔵の中であったとすれば、蚊に喰われたであろうと想像できる。そうなると、手を縛られているゆえ痒いところへ指先をもっていって掻くことのできぬ雪舟が、そこで独特の集中力と忍耐力を得たという解釈も出てくるではないか。痒いときは掻かぬこと……は、これくらいの状況を味わったあげくの境地であり、簡単に言われてもわれわれには通じがたいことなのだ。

痒いところを掻くと、さらに痒みが強くなるというのも厄介で、それをまた掻けばさらに強い痒みにおそわれる。そして、痒いところを掻けば、得も言われぬ快感が生じるというのがさらなる厄介ということになる。

その快感の幕を次々に開けていけば至福の快感にいたるかといえば、ある瞬間から痒さは痛みに変貌する。それを十分に頭にいれていても、人は痒ければ掻きつづけるのである。

かるい痒み↓強い痒み↓かるい痛み↓強い痛み↓がまんできぬ痛み……このグラデーションのどこで折合いをつけるかが問題だが、必殺ワザなどむろんあり得ない。このあたり、人間と刺激というテーマをからみ合わせたりすれば、かなり深淵な世界を味わうことができそうだが、私のレベルでは当面、とりあえず痒いところに手がとどく幸せを、ちまちまと味わっているしか手はあるまいという、一席のお粗末。

立ションと寝返り

人間の幸せとは何か……というような大テーマを、一度もつくづく考えたことがないというのが私の自慢、いやコンプレックスだ。人間の幸せが大袈裟なら〝人の幸せ〟あるいは〝自分の幸せ〟というのは何かないかと探してみても、何かの答えがつかみ出せるという気がしないのだ。

これはしかしあまりにも寂しいことではないかと無理に思い浮かべた例がいかにも寂しかった。子供の頃は、よく立小便つまり立ションをしたものだった。あれは、ガマンできなくなったときというよりも、友だちとのゲームみたいなもの。友だちと土手の上に立ち、遊飛行する塩からトンボや麦わらトンボ目がけて放つ立ションの放射……しかし、そこに面白さやゲーム感覚の快感はあっても幸せ感とはかかわりなかったと言えるだろう。

大学生から社会人になり、酒を飲むようになると、いささか幸せ感とかかわる立小便があった。酒を飲み、話に夢中になっているうち、思いもかけぬ時間が過ぎ、もはや我慢ができなくなって屋台店の裏を流れる川に向かい、立ションをする。これにはあきらかに快感があったが、幸せというのとはやはりちがうかと思い直した。

高邁《こうまい》で哲学的な幸せを求めるレベルにない私の幸せは、どうしても日常的空間で探さざるを得ない。ただ、家族への愛のからむ幸せ感というやつは苦手だし、そこをつきつめればかなり屈折した精神的領域に迷い込んでしまいそうな気がする。

そんなことを思いめぐらしているうち、自分らしい快感とからんだ幸せ感の記憶が、何となく浮かんできた。ただそれは、たしかに高邁な哲学や精神とかかわりないという点ではたしかに自分らしいのだが、これでいいのか……という気分もやはり同時に生じた。

風邪をひいて寝込んだことが何度かあったが、そのたびにもっとも鬱陶しく感じたのが、鼻がつまること。息が苦しいほどではないが、このためなかなか寝つけない。不思議なことに、寝るとき下になった一方がつまっているのだ。それをなおすにはどうすればよいかは簡単で、寝返りを打てばいい。下になった方がつまってわずらわしくなると、また寝返りをする……そしてじっと待っていると、さっきまでつまっていた側の鼻が、ある瞬間からすーっと通るのだ。

そして、その瞬間の快感は、どこか大きな幸せとつながってもいるような気がしたものだった。仕事も手につかず食事もはかばかしくなく、気持ちよく寝つくこともできぬ……その八方ふさがりの中で、自分にとってただひとつの希《ねが》いである〝鼻が通ること〟が、ごく自然に獲得できる。

で、しばらくすると逆の側の鼻がつまり、また寝返りを打つ。こうやってくり返し小さな幸せを味わいつづけているうち、やがて大きな眠りの世界へといざなわれる。これ以上の幸せ感があるだろうかと思いながら、俺の幸せは立小便と鼻が通るための寝返りか……と、また寂しくなったりもするのである。

第三章　理想ではないが、妻である

文鎮の安心と重みよ、今いずこ

ブンチン……と言えば、桂文珍師を思い浮かべる向きが多いご時世とも思うが、ここで書こうとしているブンチンは文鎮《ぶんちん》、すなわち紙や書物が風で飛んだり、めくれたりしないように、おもしとしてその上に置く文具のことであります。

その文鎮について、〝文鎮は筆のように何かをするというものではないけれど、そこに居るだけで安心できる重みのある存在〟という意味のことを言われていたのは、たしか永六輔さんだった。この卓見に私は、言い得て妙……と感服したものだった。

紙が飛ばないため、めくれないためという用途より、そこに居るたたずまいが、書の書き手あるいは読み手を安心させるわけで、我田引水ながらこれ、老人の価値に通じるのではありますまいか。

何をするでもないが、そこに居るだけで重みと安心……と書きつづけようとして、そこに居るだけで不安……という高齢作家であることに気づかされた。文鎮になぞらえるのは、やはりかつての老人の価値ということにあるのかもしれない。何しろ今日只今は、世の中文鎮だらけというご時世でもあるのだ。

ここでは、〝そこに居るだけで安心と重み〟を与えたかつての老人だけを頭に浮かべていただきたい。

何もしないがそこに居るだけで安心、そして文鎮にもさまざまな趣きがあって、それぞれに味がある……これは物を食すときの器の価値にも通じるような気がする。鍋や釜あるいはフライパン、はたまた箸やフォークやスプーンのように、その物のはたらきが直接料理の役に立つということはなく、椀や鉢や皿が存在する。

しかも、どんな器に盛るかによって、食へのそそられ方がちがうのであり、何もしないがそこに存在するだけで安心を与え、それぞれの趣きがある……これは、文鎮やかつての老人に通じる特徴ではなかろうか。「物は器で食わせるてえことを申しますが……」もまた、かつての老練の噺家の常套句てえことになるのだが。

さらに文鎮は上からの重みで安心を与えるのだが、器は料理を受けることで安心を与えるとなると、さらに老人の価値に近づくのかもしれない、いや、かつての老人の価値に。

このところ、高齢者ドライバーの事故がクローズ・アップされることが多く、〝老人のライセンス〟もよろしいのですが、車のライセンスについてご一考を……てな風向きが生じてきて、やりにくいったらありゃしない。いや、そういう時代風潮であるからこそ、当今の高齢者にかつての老人の価値に気づいてほしいのココロであります。

ところでこの話の冒頭に立ち戻るならば、かつて「ヤングおー!おー!」で人気を博した若き噺家、桂文珍師も、今や落語界の文鎮いや重鎮の役まわりとなってきたようである。

右と左に泣き別れる老人の心もよう

あるとき、テレビ取材の仕事で山梨県の巨大なホテルに泊まったことがあった。そのホテルは、朝食を大広間で食べるシステムで、起きて朝風呂へ入ったあと、スタッフと私はそのままの浴衣姿で大広間へ行った。その浴衣は寝たときに使用したものであり、大広間に陣取るスタッフと私の裾のあたりには何となくヨレヨレ感があり、ゆうべの夕食のときの浴衣に半纏でビシッと決めた姿とは、まるで別人のごとく疲労感がただよっていた。

それはともかく、一階の大広間から三階の部屋へ帰るべくエレベーターの前まで来ると、かなりの列ができていた。スタッフはその列にならぶつもりのようだったが、私は何となく階段で上がってみようと思った。午後からの屋外の撮影に向けて、足腰を即席で鍛えようというセコイ考えもあってのことだった。

その私が階段を上がり、二階の直前まで来たとき、手すりを右手でつかみ、足もとにじっと目を落としている、ヨレヨレ感のない立派な浴衣に半纏姿の老人のうしろ姿が目に入った。その姿がまことに見事だったので、私は階段を上がる足を止め、しばらくその老人をながめていた。

そして、老人が何ゆえにそこで足もとに目を落としているかの理由が、やがて理解できた。老人の立っている階段の二段下のあたりに、スリッパが片方だけ落ちていたのだった。

おそらく老人も私と同じように、エレベーターの列を見てそこにならぶのをやめ、溜息とともに階段を上がる決意をかためたにちがいなかった。ところが、一段ずつ踏みしめて上がり、ようやく二階までたどり着こうとする寸前で、左足からスリッパが脱げて、二段下まで落ちてしまった。

そして老人は、つかまった手すりで体を支え、二段下のスリッパを恨めしげに見おろして、これから体勢を立て直して階段を二段下り、落ちたスリッパを拾い上げようか、それもしんどいから脱げ落ちたスリッパはいさぎよくあきらめ、そのまま階段を上がって行こうかと……ズボンのオナラのように右と左に泣き別れる心もようで、そこに立ちつくしていたのだろう。

手すりにつかまり足もとに目を落とす、その老人の浴衣に半纏を決めたうしろ姿からは、何とも言えぬ和の風味が放たれていた。

私は、しばらくうっとりと老人のうしろ姿を、感服しつつながめていたものだった。そして、三階の部屋へ戻るや、スタッフたちにこの顚末をくわしく伝え、

「いや何しろ、実に見事な老人の姿だったね」

と感嘆の言葉を添えると、スタッフたちは怪訝そうに首をひねり、

「そのスリッパ、なぜ拾ってあげなかったんすか」

と素っ気なく言った。それはそうだ……とうなずきはしたものの、キミらにはあの老人の美は永遠に分からないんだよ……と、反省のカケラもない呟きが、私の喉の奥に浮き沈みしていたものでありました。

大相撲ファンの鑑

大相撲中継をテレビ観戦していて気になることのひとつが、正面の放送席とともに向正面の観客席の中に設けられた放送席に、その日を担当する記者やゲストが坐っていることがあるのだが、そこが時どき映し出されるときの画面の中の、大相撲の大人びた雰囲気とは、何とも似つかわしからぬけしきである。

そこに坐る親方が、正面に陣取るメイン解説者の補助役をこなしつつ、力士のエピソードなどを具体的に伝えてくれたり、引退後の親方が力士時代とは姿かたちを替えて披露され、現役時代の思い出を話してくれたりして、そこから大相撲中継の中でも、独特な臨場感が醸し出されてくる。

観客席の中……というその設定の妙もあって、正面の解説席とはまたちがう観客の視点にかさなったりもして、土俵上の勝負そのものを伝える正面放送席からのアナウンサーの実況中継や解説によって進行される大相撲の中継放送における一服の場所、つまり相撲見物の東屋《あずまや》のごとき趣きが生じるのだ。

ところが、その〝観客席の中〟というのが厄介で、そこに設定された席に坐る親方のすぐうしろが、通路になっている。親方のうしろをトイレへの行き帰りに通りかかる観客が、そこがモニターの画面に映し出されているのに気づいて足をとめ、屈んだ姿勢でカメラに手をふったりするケースが生じるのだ。

親方のうしろの席の観客は、そこが映し出されるや、恐縮して脇へ身をそらしたりずらせたりする人はまず稀《まれ》で、ほとんどの人が親方の背後から微妙にあぶない笑顔を発散して、何とか画面に映ろうとする。その様子が、NHK放送で全国の大相撲ファンの目に伝わるのだが、この風景はまことに寒々しいのだ。

画面に映っているであろう自分の笑顔の先には、友だちや家族がいるのだろう。それらの相手に向かってVサインをする客なんぞはいと哀しき〝ニッポンの光景〟である。

大相撲関係者もNHK側も、お客さまは神さまという価値観の中においては、このようなファンを指導したりするわけにはいかず、今のところ放置状態だ。

ま、国技であるとともに興行でもある大相撲の客席に、お行儀を求める必要もあるまいという気はする。ただ、向正面の親方が奇妙なけしきをまとう二人羽織りのように見えるのもたしかで、第一、テレビ画面がにわかに濁るイメージが生じるのだ。

当分、こんな濁った画面を見つづけることになりそうだという気分で、親方のうしろに映るおなじみの濁りを予感して正面を見ていると、正面に映りたくてせり出そうとするダンナらしい人の腹をウチワでパチンと叩いてたしなめ、自らはそのウチワを顔の前に当てているオクサンらしい人を見た。このオクサンは画面の濁りを清める大相撲ファンの鑑《かがみ》だな……と私は自宅のテレビ画面にVサインを向けたものでありました。

〝塵おとし〟という知恵

歌舞伎の幕が開いて、神社の境内らしきけしきの中に、茶店だけがあるといった場面がよくある。

そこへ参詣人の男女がやって来て何やら語らいながら通りすぎたり、茶店の床几《しょうぎ》に腰をおろしたりするが、これといった会話もないまま、やはり通りすぎて行く。若い娘が母親とともに姿をあらわし、母親が娘のカンザシを直してやることもあり、年かさの使用人らしいオンナに守られて参詣するらしい良家の娘が登場したりもする。

これはすべて、まずはそこが神社の境内であることを観客に伝えるためだけのシーンで、とくに怪しい人物や訳ありの男女などは登場しない。ともかく、ここは神社の境内なんだな……と思わせればよいのであり、もちろんストーリーとからむ様子はあらわれない。この間に、登場する人物たちは、それらしいセリフを発したりもするのだが、あくまで神社の境内にフィットするそれらしいセリフであって、とくに意味をふくんでいないところがミソ。

このシーンを、〝塵《ちり》おとし〟と呼ぶのだということを、ある歌舞伎役者の方に教えられたとき、私はつくづく歌舞伎の奥深さを痛感したものだった。

これは、ロビーで挨拶をしたり、洗面所から戻りつつあったり、ようやく劇場に到着したりした観客が、席に着いて落ち着くまでの、いわばその場を神社の境内と伝えるだけの〝意味のないシーン〟として設定された歌舞伎の知恵というものなのだ。

自分の席までたどり着いた観客が、チケットをしまい込み、ロビーで買い求めた当日の演目を紹介するパンフレットをしばし開いて配役を確認し、さて舞台へというかまえをつくるまでの時間を想定した場面であり、そのあと間合いをはかって重要な人物が登場する……歌舞伎という世界の興行的な性格が如実にあらわれた、至れり尽くせりの場面設定である。

しかも、そんな舞台進行にとってはいわば〝無駄な場面〟を観客のためにしつらえるのもすごいが、それを〝塵おとし〟と呼ぶしたたかさに、私は感動を覚えたものだった。〝塵おとし〟の意味は、咳ばらいや知人へのご挨拶をするというような、観客のざわめきを、場内に舞うチリに見立て、そのチリがおさまるまでのための場面という意味だというのだ。

これはやはり、朝から始まって夕方まで……昔風にいえば〝一日中〟かかって催される芝居を見物する世界の、奥深い知恵であるとうならざるを得なかった。これすなわち、江戸時代から興行の歴史をきざみつづけてきた歌舞伎という老成したジャンルのもつ、老人の境地ではなかろうかのココロなのであります。

忠臣蔵五段目は〝弁当幕〟？

歌舞伎の奥深さへの、素人的アングルをもう一つ、つけ加えてみたい。

「仮名手本忠臣蔵《かなでほんちゅうしんぐら》」は、興行して不入りのためしがないことから、漢方の妙薬の効き目になぞらえて芝居の〝独参湯《どくじんとう》〟と呼ばれている演目である。

その「仮名手本忠臣蔵」の五段目は、お軽の父与市兵衛《よいちべえ》が、娘のお軽を祇園に身売りさせる約束をして得た金を持って帰る途中、斧定九郎《おのさだくろう》に殺されて金を奪われ、そこに登場した早野勘平《はやのかんぺい》が、イノシシとまちがえて定九郎を撃ち、定九郎の懐の金を奪うという一幕《ひとまく》だ。

四段目の「判官切腹」と「城明渡し」、六段目の「勘平切腹」という必見の見せ場にはさまれたこの五段目は、かつて〝弁当幕〟と呼ばれ、物語をつなぐために必要ではあるものの、とくに見せ場というものがなかった。客たちが、この間に弁当を食っちまおう……と昼食をとる頃合いともかさなっていたので〝弁当幕〟。

一方、百日鬘《ひゃくにちかずら》の山賊のごとき扮装であった定九郎役を、初世中村仲蔵がのちに白塗りに黒羽二重の姿として演じ、以後その姿かたちが定九郎の定番となって今日にいたっている。

この中村仲蔵の工夫のいきさつは落語にもなっていて、八代目林家正蔵のちの林家彦六の「中村仲蔵」は、私も何度か見ていて、仲蔵が定九郎の扮装を変えるいきさつにそそられたりしたものだったが、ここではそれよりも、〝弁当幕〟という呼称に歌舞伎のしたたかさが見えることについてのみこだわってみたい。

五段目は、べつに観客を退屈させる場面として設定したわけではなかろうが、朝の大序から見てきた観客にとっては、そろそろ腹のへる頃合いの幕だった。二つの大きい見せ場にはさまれた幕でもあり、退屈というのでもないがとくに引き込まれるような内容をもっているわけでもない。そこでこの幕で弁当を……というのは客として当然の気分なのだが、そこを最初に〝弁当幕〟と呼んだのは客の方なのか、あるいは興行側の者が客席を見たあげくの呼称なのかしれぬが、〝弁当幕〟はすごい。馴染んだ者による勇気ある呼び方のセンスを感じさせられるのだ。

さて、中村仲蔵が定九郎の扮装に黒羽二重の紋付を尻からげに変え、五分目月代《さかやき》の鬘に破れた蛇の目傘をさすという工夫をしたことで、定九郎役に一躍光が当たり、以後は一流の役者が演じる役となった。そんなわけで五段目は〝弁当幕〟ではなくなったという次第だ。

この顚末をテーマに何人かの作家がさまざまな作品を書いてもいる。それぞれの中村仲蔵のものがたりにもそそられるが、五段目で我慢したお客は、いったいどこで弁当を食ったのか……〝弁当幕〟の呼称と意味にそそられる私の気分はかぎりなくよこばいしてゆくのであります。

ゾウリ虫の野心

ゾウリ虫が自在にうごいているつもりなのを見て、ハエが笑う。

「自在にうごくったってアンタ、たかが平面の上をのたくってるだけなんだろ」

その得意顔は、トンビに笑われる。

「おまえね、空間ってのはそんなチャチなもんじゃありませんよ。あっしのように自在に天空をだね、羽ばたいている者が生きている世界を言うんでげす」

そのトンビを、タカが笑う。

「あのね、タカがそんな程度の範囲で飛び回ってるだけで、世界なんて大袈裟な言葉つかわないでよ」

タカの「タカがそんな程度……」は、タカが駄ジャレの世界ってことになるのだろうが、この一連の展開を例に出してお説教をするお方の言いたいことは、「上には上があるてえことを知りなさい」ということにちがいない。ある者が自由自在に生きていると満足していても、もう一つ大きな立場から見れば、その自由自在は平面を這うゾウリ虫とひとしくなってしまうという教訓だ。そして、その上にはまた上があるのだから、つまり人間は謙虚に生きるに越したことはない……という方向を示しているけはいがあるのだ。

しかし、そういうふうにおのれの分際を知り、ゾウリ虫はゾウリ虫らしく、自分に与えられた能力をかみしめて生きなさいという教訓は危険である。つまり、自分はゾウリ虫だと想定して次を望まなくなったゾウリ虫は、自らの能力たる平面を自在にうごく精神力をも失ってしまいかねない。おのれの分際を知るという生き方は、だから何もしないのが一番という知恵につながってしまい、そんなタイプのゾウリ虫はゾウリ虫とも言えなくなってゆくということになりかねぬのであります。

人間は野心の虫だ……などとも言われるが、実は野心をもつことを恐れているゾウリ虫の群れであるかもしれない。野心は両刃の剣、自分の身の破滅にもつながりかねぬ危険をはらんでいる。野心を上手に生殺《なまごろし》にして、分相応な生き方をするのも人間の大いなる知恵……そんな教訓のたれ方は一見〝老人のライセンス〟風に見えて、老人はそこを超える自由を身につけているはずなのだ。

そんなことを思ったのは、国会の審議で野党の質問に対し、立て板に水のごとく繰り返される官僚の方々の答弁を毎日テレビで見ていることへの反応だったかもしれない。答弁をする官僚とはちがった立場からの発言をする元官僚の方にしても、〝面従腹背《めんじゅうふくはい》〟を座右の銘にしていると言い放っておられる。これ、同じ穴のムジナ、いやゾウリ虫ということか。

人間はとかく〝面従腹背〟になりがちなのであって、それを座右の銘として学ぶべきものとするという姿勢からは、ゾウリ虫はゾウリ虫らしく分をわきまえろという教訓にひたりすぎたあげく、ゾウリ虫らしい野心をも自らに禁じる生き方が、透けて見えるのだ。

人生の踊り場の〝箱女〟

キオスクのオバサンというのは、プラットホームという場所で働いているヒトだが、世の中にプラットホームを目的地として家を出る人はいない。どこかの目的地へ行く途中や、どこかから帰る途次に足をおく場所がプラットホームであり、つまりキオスクは、人生の踊り場のごとき場所なのだ。

キオスクのオバサンは、その踊り場を目的地として出かけて行く。その人生の踊り場を通過する人を見ている。オバサンの目には、おびただしいヒトのおびただしい人生の断面が、毎日張りついているはずだ。

あらゆる新聞の見出しを目でたどり、あらゆる週刊誌の表紙に記されたスクープの文字を確認してから、ぷいとよこを向いて立ち去る中年男。ホームの上を向こうからはしってくるつむじ風の渦を、片足を上げて踏みつぶそうとしたが、自分の手前でその風が消えてしまったのを見て、なぜかもの悲しげになっている長身のサラリーマン風。レールの周辺にちらばっている鉄粉に興味をもち、身を乗り出して駅員に注意される老人……ともかく、キオスクの前は人生の満開劇場なのだ。

キオスクで売っている品……これまた不思議な品が多い。ハンカチ、マスク、パンティストッキング、仁丹、のど飴、オロナミンC、アルバイト情報、子供へのおみやげ用の安っぽいオモチャ、ボールペン、文庫本、一般新聞、スポーツ新聞、週刊誌、競馬新聞、住宅情報……プラットホームへ足をおく人々が、何らかのかたちで興味をもつ、あるいは必要とする品々が、ぎゅうぎゅう詰め状態で陳列されている。

不思議と言えば、キオスクの店それ自体のたたずまいも、ちょっと他に例を見ない趣きだ。凝った観音びらきの仏壇のようでもあり、アコーディオンを開き切った感じにも似ているのだ。

キオスクのオバサンは、そんな狭い店の中にいて、冬ともなれば足下に置いたストーブか何かで寒さを防ぎ、地味な制服に身をつつんで、無感動に客の相手をしている。何人かがいっぺんに手を出したのを器用にさばいたかと思うと、次の瞬間、宙に目を投げて呆然としていたりすることもある。

あの観音びらきの仏壇とも開き切ったアコーディオンともつかぬ店そのものも、ある時間にはピタッとアコーディオン・カーテンのようにシャッターが閉まり、そこにオバサンがいなくなれば、ひとつの箱のようになるのだろう。安部公房の『箱男』ではなく〝箱女〟だな……などと冗談を言ってはいけません。キオスクには、たまに若い女性がいたりもするのだけれど、その人も〝若いオバサン〟としてその意味を考えてゆくとどうやら〝テキパキとした頼りになる人〟というところに行き着くように見えるのだ。

人生の踊り場を職場とし、おびただしい人の人生の断面に接することを毎日繰り返しているあの〝若いオバサン〟たちが、どんな本当のオバサンになってゆくのか……そんなことは余計なお世話であるのを承知の上で、ちょっと考えてしまうのであります。

フラダンスと御詠歌

　近所のオバアチャンが、近ごろフラダンス教室へ通っていると聞いて、一瞬まさか……という気分になったが、考えてもみれば理にかなった老人の運動かもしれぬと思い返した。

「フラダンス」と辞書で引けば「ハワイの民族舞踊。手や腰をくねらせる独特の所作が特徴」「ハワイアン音楽に合わせ腰を振りながら踊るダンス」などと出ていて、ハワイの浜辺で踊る若い女性のイメージが浮かんでくる。〝くねらせる〟がそこにまた別の色気を添えてしまい、老人にはフィットしないように思えたりもする。

　だが、もともとは宗教的儀式のさいに演じられた伝統的な文化であると言われ、色気などをからめるのは不謹慎……私などはハワイにおける観光的なフラダンスのイメージを抱きすぎているということになるかもしれない。

ただ、近所のオバアチャンにとっては、フラダンスのイメージなどどうでもよく、老人の体力にきわめてふさわしく、しかも楽しい運動ということになるらしい。何も裸の上半身に貝殻の胸当てをつけて艶っぽく踊る必要はなく、ゆったりとした音楽にのって筋肉をうごかすゆるやかな運動なのだろう。

そのオバアチャンは、フラダンスの前はたしか太極拳にいそしんでいた。太極拳はもともと中国で宋代に始まった伝統式武術のひとつであるのだが、その柔軟な動作が老人の鍛錬に適しているというので、日本でも人気が出て健康法として広まってきているようだ。

太極拳のうごきを見ると、重心をゆっくり移動させる連続運動のような感じがあり、身体のバランスを鍛える効力があるのはたしかだろう。そして、フラダンスもまた、流派はちがうもののやはり重心をゆっくり移動させる連続運動であると思えなくもない。

そのオバアチャンが、何ゆえに太極拳をやめたかについては、一緒にやる仲間とのかね合いなのか、何らかの事情があったのだろうが、太極拳からフラダンス……というのは、きわめて納得できる平行移動のような気がするのだ。

それに……ともうひとつそのオバアチャンからは、家族以外の仲間とともに、何かを楽しもうとする、積極性のあるエネルギーを感じさせられもする。

そんなことを思っているうち、私は自分を育ててくれた祖母が、晩年に、御詠歌《ごえいか》に凝っていたことを思い出した。近所のオバアサンを集めて、どちらかといえば師範格の役をやっていたような記憶が残っている。

あの抹香臭く思えた、御詠歌もまた、引きこもりがちな晩年における祖母が、家族以外の仲間と一緒に何かを楽しもうとする積極性のあらわれであったかもしれぬという気がした。近所のオバアチャンが、祖母の晩年の姿に別の色を加えてくれた……私は、そのオバアチャンのエネルギーによって、フラダンスと御詠歌という陽と陰のような世界が、いま急に馴染み合ってゆく不思議を感じさせられているのである。

苗字のちがう表札

「このへんには、苗字のちがう夫婦が多くてね……」

これは、以前に流氷を見ることを目的としておとずれた、北海道北東部の北見市にある小さな天ぷら屋のご主人が呟いた、意味深長な言葉だった。

北海道は歴史が浅いせいもあって、因習や排他的な思想がなく、むしろ新天地を求めてやってくる人々を、やわらかく迎え入れるセンスがあるように思うのだが、このご主人の言葉もそのあたりとかかわってくるのだ。毎年、ある季節にふらりとやって来て、ふらりと帰って行く流氷を、やわらかく迎え、やわらかく見送る感性が、北海道の北東部あたり……つまり流氷のおとずれとかかわる地域には自然に根づいたのではなかろうか。

内地の人間にとって、流氷は非日常的けしきなのだが、その地域の人々にとってはきわめて日常的で、歳時記的な風景なのだ。しかも、その流氷を単なるけしきや風景としてではなく、擬人化し、生き物として受け入れているところが、私には新鮮に感じられた。

そこまでは理解しているつもりだが、苗字がちがう夫婦とはいったい何なのか……と首をかしげた私に、天ぷら屋のご主人はもう少しかみくだいた説明をしてくれた。

「内地から、駆け落ち同様にして逃げるようにやって来た男と女が、それぞれの苗字を表札に書いてある家が、このあたりにも何軒かあるんでないかい」

「そうだねえ、何軒かあるべさ」

おかみさんもご主人の言葉にうなずいて、何軒かを思い浮かべる顔になった。

つまり、よんどころなく故郷を逃げ出して来たため、結婚式をやることも籍を入れることもできず、男と女としての同棲をつづけたまま老齢を迎えているケースが、かなり多いということなのか。そうやって男と女が一緒に住んでいても、あれこれ詮索めいた好奇心を向けず、流氷を迎えるような自然体で、この土地はつつみ込んでくれているのだろう……と、私は勝手に思った。

ご主人の言葉から思い浮かんだ苗字のちがう表札に、私はなんとなく男と女らしい色気を感じさせられた。苗字を一つにするのも結婚への覚悟のありようではあるが、姓を別々にして記す表札からは、男と女の色気を持続させて生きつづける熱のようなものが伝わってくるように思えたのだった。そして、そんな土地柄は、もしその男と女がその家からふっと居なくなっても、あれこれ取沙汰したり中傷したりせず、「きのうまで居たんだけどね」と、オホーツクへ帰って行く流氷を思い浮かべるようにふり返るくらいのことではなかろうか。

「いやいや、今年の冬は久しぶりにゆるくないねえ」

とご主人が両掌で頬をつつむと、おかみさんも同じ仕種をした。そのとき私は、二人の手首に古い切り傷の跡を目にした。ここもまた苗字のちがう表札なのか。人生はゆるくないけど面白い……私は、そっと呟いてビールを呷《あお》ったものだった——。

結婚詐欺という世界

人間を熟知する境地に〝老人のライセンス〟がある……というふうに考えれば、世の詐欺師などはそこにいたった達人ということになるのだろうか。

以前、詐欺師を主人公とする小説を書いたことがあった。そのとき、官公庁にかかわるのが白サギ（白は書類をあらわしているらしい）、ローン関係が月サギ（月賦からくるのだろう）、偽物詐欺が紫サギ（有名人を騙すイメージか）、取り込み詐欺が青サギ（一見安全な青信号に見せるゆえか）、そして結婚詐欺が赤サギと呼ばれているらしいと知った。結婚詐欺が何ゆえ〝赤〟なのかはつかめぬが、平穏な日常生活への危険信号ということにでもなるのだろうか。

それはさておき、結婚詐欺は「人には、自分の信じたいことを信じたいとねがう癖《へき》がある」という第一の鉄則、そして「人には、自分を好いてくれる人を好きになってしまう癖がある」という第二の鉄則の上に成り立っているようだ。この二つの癖は、地位や名誉を超えて人間に共通する本性であり、ゆえにこの鉄則によって人に近づくのはたやすいということになる。

だが、〝いつ金の話を切り出すか〟がそのあとの重大なキーポイントであり、ここに第三の鉄則「約二カ月の中で熱いドラマをつくらねばならぬ」がからんでくる。この第一、第二の鉄則を踏みしめ、二カ月の熱いドラマという興奮状態の中で実行されるならば、結婚詐欺の成功率は意外に高いということらしいのだ。

この犯罪は、ほとんどの人が何ということもない、刺激的でない日常をこなしているという見定めの上に立っている。しかも、騙されたと知っても、表沙汰にするのは体裁がわるいので、泣き寝入りのケースが多く、訴えられたとしても「本気で好きだった」という言い逃れができそうでもある。

結婚詐欺師の側からいえば、二カ月のドラマの興奮状態の中で、信じられぬほどの金額が手に入る醍醐味《だいごみ》の体験なのだ。したがって彼ら結婚詐欺師たちは、日常生活の生ぬるい男女関係にフィクションをからめるというゲーム感覚を、過剰にもった連中であるにちがいない。つまりは、過剰なフィクションを追い求める病人だ。そしてその〝病い〟が犯罪を成立させる武器となるのだから、いわば天職ということになるのである。

そして、金を請求する場面を外してみれば、ごく一般的な男女関係の中に、結婚詐欺師的なゲームは氾濫しているにちがいない。結婚詐欺師感覚を寸止め状態で踏み止まらせ、本当の結婚にいたっているケースもまた多いのではなかろうか。

その詐欺の寸止め状態の結婚によって幸せな日々をすごしたあげくのある日、ふと「この結婚は詐欺だったのではなかろうか？」と気づくケースとなればさらに数が増大しそうだ。よく考えてみれば諸君、結婚詐欺というのは夫にしろ妻にしろ、結婚したあとで気づくケースがほとんどではありますまいか。

理想ではないが、妻である

毎年、静岡の島田市で開催されている「愛するあなたへの悪口コンテスト」の審査員を引き受けて、今年で十四年目になる。このコンテストは、島田市にある民間団体が立ち上げた催しで、現代における事なかれの風潮の中でとかく封印されがちな〝悪口〟は、人の心の芯や奥にひそむ本音であるが、向ける相手によってあるいは選ぶ言葉によって、上手な愛の表現にもなり得る……という前提に立ち、〝愛するあなた〟への悪口を募集するものである。

かつてあった悪態祭《あくたいまつり》の復活気分と、工夫によって愛を伝える言葉遣いの発見をねがうという趣旨なのだが、とりあえず細かい説明を省き、受賞作たる〝悪口〟の素晴らしさを分かっていただくのが一番といったのりで、いくつかの〝悪口〟をご紹介してみたい。

その受賞作のレベルが、この催しがここまでながくつづく根拠とも言えると思うからだ。上手な悪口……これもまた、屈折のユーモアをはらんだ境地でもあるのだ。

最初の一作でこの賞の順風満帆な航海が決まったようなものだった。

「冷たくなったあなたの心　寝てる間に取り出して　そーっとレンジでチンしたい」

レンジでなければ戻らぬほどに冷たくなった〝あなたの心〟というのが、まずすごい。そして、その度外れた冷たさをチンまでして戻そうという心根は、愛なくしては成り立つものではあるまい。それを、〝そーっとレンジでチンしたい〟と表現しているところに、作者の夫へのねがいの強さ、深さ、切なさがからんでいる。これで、催しに弾みがつき、第一回のこの大賞作品が、落語に出てくる、船をそっと押しやって釣りの上首尾をねがう〝船宿のおかみ〟のような役割を果たしてくれた。

このいきおいにみちびかれたように、二年目にはすさまじい作品が大賞となった。

「私の夢のサスペンス　あなたは何度も死んでいる」

どこに〝愛〟が？　まあ、殺すのが夢の中だけで現実の目的でないというあたりから、昨今の殺伐とした事件などにかんがみても、愛が汲み取れるのではなかろうか。〝何度も〟……というすごみも効いているではないか。それでも別れずに〝夢のサスペンス〟の中に、殺意を押し込めて、ひそかに〝愛〟に染め直している奥さん……そんなイメージが伝わってくるのだ。

回をかさねていくうち、大人びた感触の作品もいくつかあった。このテイストの作品は、大賞にはならぬものの、賞の重みのために十分に必要なのである。

「理想とは　ちょっと違うが　妻である」

どうです、この年輪を感じさせる妻感の見事さ！　〝あきらめ〟を超越したすごみを感じるではあーりませんか。

第四章　何しろ、人間の舌は器用なもんでしてね

何しろ、人間の舌は器用なもんでしてね

目からウロコ……という思いを与えられるケースは、少ないとはいうものの、その少ないうちの一回のインパクトが強いゆえ、濃い記憶として残るものだ。あるとき入ったある下町のある鮨屋のおやじさんから放たれたひとセリフも、その濃い記憶として私の中にファイルされているひとつである。

鮨を食べる礼儀やら順番やらについてはあまり興味がないのだが、もどかしさもふくめてかねてより、鮨を食べるについての疑問が、そのときまで私の心にわだかまっていた。それは、にぎり鮨に醬油をつけるときにどうすればよろしいかという問題だった。

たとえば白身魚やマグロなどのにぎり鮨を指でつまみ、それをどうやって小皿の醬油につけるのか。

上等な鮨屋ではあまり醬油をつける必要はなく、あらかじめ鮨のネタの上にほどこされた煮切りで味は十分に仕立あげられているので、そのまま口へもっていけばよいのだろうが、醬油を入れるべき小皿を使わずに平然としているのも、何だか気取っているようで皿にわるいような気がする。

出された鮨を指でつまむと、ネタが上になっている。そのまま小皿にもっていけば酢飯《すめし》の方に醬油がついて、何となくふさわしくないように思える。さりとて、つまんだ指を宙で引っくり返してネタの側に醬油をつけている仕種は、いささか大袈裟な身ぶりという感じだ。

そこで、苦肉の策として箸でつまんだガリ（鮨に添えて出される甘酢に漬けた生姜の薄片）を刷毛《はけ》のごとく用いて醬油をつけ、鮨ネタの上をなでるというやり方を思いついた。だが、これはそれなりの筋では当然のことみたいに実行されているらしいと知り、しかもいささか美意識過剰気味で鮨に似合わない気がしていた。

ただ、そこにいたる意識のさまよいをおやじさんに聞いてもらおうと、とりあえずそのいきさつを口にしてみた。

すると、おやじさんは手の仕事を休めぬまま私の話へ耳をかたむけ、なるほどね……とうなずいたあと、ぐいと身を乗り出しこっちの目をのぞき込んだ。

「あのねお客さん、人間の舌ってのは、実に器用なもんでしてね……」

それだけ言って、おやじさんは手の仕事にもどったが、そこまでの言葉で、私はストンと腑に落ちるものを感じてしまった。

そして、歯にはさまった魚の小骨を探ったりするときに、歯グキの裏で自在に回転する舌先のうごきの、あの神秘的な感触を思い出した。

人間の舌はまことに能力に長《た》けていて、その能力にまかせておけば、鮨ネタを上にしようが下にしようが横にしようが斜めにしようが、口の中で舌がネタと酢飯と醤油を器用にあんばいしてくれるのだから、小ざかしい工夫は無用ですよ……というのが、おやじさんの有難いご託宣《たくせん》にちがいないのであった。

鮨ネタの栄枯盛衰

トロの横綱時代が、ながくつづいている。

私は戦後に育った子供だったが、子供の頃の鮨は店で食べるものではなく、出前で取るものだった。それも、お客さんが来たときに注文する鮨に、子供が便乗するというかたちだった。

その頃は、茹でたエビが鮨ネタの番付の最上位だったのではなかったか。やがて、そこに生のアワビが参入し、茹でたエビを追い抜いた。すると、生のエビの〝おどり〟が出現して一世を風靡した。

そのうち、時代がやや落ち着いてくると、それまで陽の目を見なかった白身の魚の価値がみとめられ、とりわけヒラメのエンガワなどが鮨ファンにもてはやされる時世がおとずれた。そして、ヒラメの隙間をねらうようにして、同じ白身の日本近海産のカレイが珍重され、「左平目《ひだりひらめ》に右鰈《みぎかれい》」なんぞという合言葉が通ぶって口ばしられたりするようになった。生のウニに光が当たったのも、この時代だったのではなかろうか。

そのあたりで、じっと機をうかがっていたマグロのトロが、冷凍技術の進歩とともにゴボウ抜きの出世を遂げ、一気に横綱の座についてその天下が今日もつづいているといった感じだ。あまりのトロ・ブームに白けた鮨通には、「トロなんぞむかしは肥やし、赤身にかぎるよ、赤に」などと叫んでマグロのづけをあえて注文する向きもあり、私などもその裾野にいる一人ということになるのだが、トロ・ブームに歯止めをかけるところまではいかない。

やがて、ニューウェイブの鮨屋が出現し、大店《おおだな》の誇るトロ文化に対抗するように工夫を凝らし、やたらにバーナーを使ったりして若者に受けたりもした。〝焙りシマアジ〟などが出現したときは、私もちょいとそそられたものだったが、もちろん、トロ文化をゆるがすにはいたっていない。トロ文化も、〝大間のマグロ〟あるいは〝インド・マグロ〟などそれぞれの店の路線を打ち出し、油断なくその牙城を守っているといった趣きなのだ。

　こんな時の推移の中で、アナゴやイカの出し方への工夫も凝らされていったが、私が子供の頃から鮨ネタのケース、あるいは出前用の一式の中に存在しながら、つねに平幕的立場に終始してきたネタが、トリガイ、アオヤギ、赤貝、赤貝のヒモ、シャコ、コバシラ、ゲソ、そしてカンピョウたちだ。

　横綱、大関、関脇、小結などの役力士の入れ替わり立ち替わりとは別に、鮨の底辺を支える彼らこそが、鮨の地道な主役であったかもしれず、彼らへのサーチライトも、近年は向けられているようだ。〝小柴《こしば》のシャコ〟などの産地づきの呼称もその扱いのひとつということになるのだろう。

　そこに、近ごろでは〝松阪牛のにぎり〟なんぞが参入したりもしているが、トロの牙城はやはり不動の気配だ。このように大物に対する新大物が登場してきたりすると、どうしても大物の栄枯盛衰の中で脈々と生きつづけた、平幕的な存在へのいとおしさがこみ上げるというものであります。

辛さに強い男を待つオバサン

かつて、神戸の三ノ宮駅から山手方面へ向かって歩く途中に、小さいカレー屋があった。

私は四カ月ばかり神戸に借り住まいしていたことがあり、昼食をこの店のカレーですますことが多かった。神戸というまちのテイストの中でのカレーということになれば、その味の個性に気が向くというものだが、私はもっぱら店の主《あるじ》たるオバサンの個性的センスに興味をいだいて通ったのだった。

それは、七人入れば満員のカウンターだけの店で、壁に辛《から》さのランキング表を記した紙が貼ってあった。紙に記された文字は1から9までの味の特徴で「1＝子供向き　2＝女性向き　3＝額に汗　4＝汗を拭き拭き　5＝辛さに強い人向き　6＝インド人もビックリ」というアバウトな表示だった。

店の主たるオバサンは、辛さに強い男をこよなく尊敬していて、壁の紙に記されているのは、まさにオバサンの男の評価のランキングと言ってよかった。辛さに強い男を尊敬する心根は当然、辛さが苦手あるいは辛さに弱い男への低評価を呼び起こす。

「このあいだ、3程度のカレー食べてヒイヒイ言うてたヒトいたんやけどね、大きい体してだらしない男や思てなあ」

オバサンは口に手を当て、あたりをはばかるように声をひそめたが、その辛さに弱く図体の大きい男への嘲笑をそっと隠すような表情からは、心の内の快感があざやかに伝わってきた。つまりこの店は辛さを競う道場のような雰囲気だったのだ。

私は、カレーは好きだが辛さにめっぽう強い方でもなく、3の「額に汗」くらいを注文するタイプ、オバサンにとっては可でも不可でもないあいまいなレベルの客にすぎなかったはずだ。

辛さに強い男を尊敬するオバサンの気持ちの根拠が那辺《なへん》にあるやはついに分からなかったが、そのオバサンがもっとも尊敬する男が、何番のカレーを食べるのかが気になってたずねてみると、「番外の9を食べはった人」と、オバサンはその場面をなつかしむようなうっとりとした顔になった。

「番外の9！　その人、どんな感想を？」

「何や、辛さが耳にきた言うてはったなあ」

オバサンは、その客がなぜか最近姿を見せぬと、寂しげに言っていた。辛さが目に……ではなく耳にきたはすごいなと私は思ったものだった。

その四カ月の神戸の借り住まいから東京へ帰ってしばらくしたあと私は、「辛い」は「からい」とも「つらい」とも読めるということにふと気がついた。つまり、あのオバサンは〝辛《から》さ〟に強い男は〝辛《つら》さ〟にも強いという価値観の人だったことが、ようやく私の中で判明したのだった。小さな店で〝からさ〟と〝つらさ〟に強い客との出会いを心待ちにするオバサンの店は、男の天下がゆらいでいるこのご時世にまだ商売をつづけているのだろうか。

神戸の「壺やき」よ、いまいずこ

神戸での四カ月の借り住まいで感じつづけたのは、神戸というまち自体の洋風の大人を感じさせる独特の空気感だった。メリケン波止場でぼんやりと沖へ目を向ける老婦人も、ツイードのジャケットにフラノのズボンを楽に着こなし、喫茶店でパイプをくゆらす老紳士も、神戸という大人びたまちという額縁に、すっぽりとおさまる、見事な絵といってよかった。

私は、そんな気分で神戸のまちと人と店とを組み合わせた風景を、その四カ月のあいだ大いに楽しんだものだった。洒落《しゃれ》神戸《こうべ》なる駄ジャレが裏返り、神戸の価値観に切りかわるような手応えだった。

三ノ宮駅前にならぶ屋台（ある時期から市の方針によって姿を消したようだ）で出す

「壺やき」のメニューからも、私は神戸らしい大人びた洒落に組み入れたいテイストを感じたものだった。

その屋台の「壺やき」は、一見サザエの壺やきに見えるのだが、炭火にのせられたその巻き貝は、実は店の大将が北海道から仕入れる、サザエにそっくりな貝の殻。サザエにしては表面が少しつるつるした、ツブ貝の大きいやつという感じだった。

もちろん、その中に入っている身だけがサザエであるはずもなく、大貝《おおがい》あるいは本庄《ほんじょう》貝《がい》はたまたバカ貝とも呼ばれる、ま、どでかいアサリといった感じの二枚貝なのだ。私が育った静岡あたりで、沖アサリと呼んでいる貝と同じものだった。

この北海道から仕入れた器がわりの巻き貝の殻と、二枚貝の身との組み合わせによる、何とも凝ったニセ壺やきと言うべき「壺やき」……限りなくサザエの壺やきに似せようという心根や工夫が切ないが、〝サザエ〟という表記はどこにもないわけで、「壺やき」のメニューに偽りがあるわけではない。注文して食べる客が勝手に、それをサザエの壺やきと思ってくれても、くれなくてもよろしいというあたりが、大人のまち神戸らしい奥行きのあるセンスだったのだ。

その「壺やき」の実体を説明する大将の親切もまた潔く、焼きあがる頃合いを見てさっそく手を出そうとする私を、「ちょっと待ってや」と制し、かたわらのタッパーからつまみ上げた三つ葉をパラリとのせるあたりも、実に神戸なのだ。そして、食べ終わった私が巻き貝を逆さにして汁を吞む様子を、うれしそうに打ちながめる大将自身の味。実際、私はその壺やきの正味の味よりも、これを「壺やき」として客に供する大将のセンス、いや神戸というまちの大人びたセンスを強く感じ取ったものだった。

これはもちろん、ファッション・センスと食文化のレベルの高い神戸という洋風のまちにおける、典型的なテイストではなく、まったく私好みの特殊なゾーンであるにちがいない。ただ、その屋台のセンスが、奥の方で大人のまちの味とつながっているはずだと感じたのだ。

あれから十年後に阪神淡路大震災があり、またかなりの時がたった今、三ノ宮駅前は完全に様変わりしたと聞く。もちろんそれ以前に駅前の屋台は姿を消していたわけだが、時おりあの壺やきにからんだ心根を、思い出すことがあるのだ。

秋刀魚の胆の妙味

今年は秋刀魚《さんま》を手に入れるのが大変でしてね……というのは、行きつけの料理屋のご主人のセリフ。海の温度の海流への影響のせいで、サンマ漁が散々のありさまなのだそうで、お客に出すような値段じゃ仕入れられないらしい。

私は、無ければ食わなきゃいい……という程度の食への対し方のタイプだが、サンマは大の好物でもあるから、少しばかり寂しい話である。

私のサンマ好きは、三陸のサンマに限るというようなことにはいっさいこだわらず、単にサンマの焼いたのが好きというタイプだ。

まず、腹に胆《きも》の入った一本のサンマを焼いたあと、そこから胆をそっと取り出して少々の醤油をかけてアルミホイルにくるみ、それをもう一度かるく焼いておく。サンマを焼くときは、やはり腹の内の胆がスパイスとして必要であり、この微妙な苦みを焼くさいに身にしみさせるため、腹の胆を抜いて焼くなど言語道断。

で、いろんな作法があるのだろうが、その焼いた本体の、脂が乗って胆の苦みがまぶされた腹のあたりから食らうのがワタシ流。そのあと、中骨の上の身を食べ、中骨を箸で浮かせてその下の身をいただく。もちろん、一杯やりながら、である。

やがて、少し焙ったくらいの、醬油で味つけをした胆をつつんだアルミホイルをおもむろにほどき、二度焼きした胆を箸でつまんで口にもっていく。その直《じか》の胆の苦みと香ばしさが、焼きサンマの本体とはまた別の、酒のつまみとしての興趣をそそってくれるのがたまらない。

いったん焼き上がった胆をわざわざ魚体から取り外してそこに醬油をひとたらしし、さらにアルミホイルにくるんでもう一度焼くこのやり方は、どこかの店で教えてもらったはずだが、その店の名は思い出せない。

焼き魚や煮魚の魚体を引っくり返さず、中骨を箸で浮かせて食べるというやり方だって、どこかの店で教えられたにちがいない。魚体を裏返さぬのは、船が引っくり返るイメージを避けるための、魚を扱う者の縁起かつぎみたいなものだという説明も、聞いたような気がする。そして、その店の名もそう簡単にはよみがえってこない。やはり近頃、そんなケースがふえてきた。

それでも、焼いたサンマの醍醐味は、私の中に生きつづけているのだ。

だが、今年が不漁ならば来年を期待して……と気を取り直すいい加減さも、魚のお世話になりつづけている日本人としてのたしなみであるのかもしれぬという気がしないでもない。いや、無ければそれゆえに、味のイメージが頭の中でふくらんでくるというものなのだ。

あの、焼いた魚体から抜き取ったあと醬油をひとたらしした胆が、表面だけこんがりとして中の柔らかさのまま味つけされたのを、アルミホイルを開いてひとつまみするときの、あの香りと苦味の合体とも言うべき妙味が、妄想の中によみがえるのである。

うなぎの蒲焼のしたたかさ

うなぎの蒲焼というのは、不思議な食べ物だなと、時どき思うことがある。

そもそも、最初にうなぎの蒲焼を食べたのはいつの頃かとふり返れば、少年時代に大人に連れて行かれ鰻重《うなじゅう》を食べさせてもらったことに思いあたる。その大人は普通の家庭では父親なのだろうが、私の場合は祖父だった。そして、少年の私にとって、うなぎの蒲焼体験は大人びた贅沢な味を満喫させてくれるものであった。

やがて、高校を卒業し大学に通うようになると、たまにはうなぎの蒲焼でも食べてみようかと、大袈裟に言えば清水《きよみず》の舞台から飛びおりる気分で、大衆的な食堂のメニューの中から鰻丼《うなどん》を選んで注文することもあった。その味は、かつて祖父に食べさせられた鰻重よりパサパサしている感じで身にトロリ感もなく、多少の違和感はおぼえたものの、やはり若者たる私にとっては〝ご馳走〟の領域にある食にはちがいなかった。

社会人となると、年に何度か一応の鰻屋《うなぎや》の鰻重を食べるようになったものだったが、この場合もやはり、気合を入れて注文する贅沢なメニューに変わりはなかった。

中年になってくると、「たまには精をつけるか」なんぞと知人をさそい、若手社員の頃よりは少し上のランクの店へ行くようになり、食べたあとの充実感を味わっていた。だがこれもやはり年に何度かのご馳走といった感じで、あいかわらずうなぎの蒲焼には日常的な食べ物よりは上という特別感があったものだった。

還暦をすぎたあたりからは、世間に知られる鰻屋に行き、白焼で一杯やってから蒲焼と白御飯か鰻重というコースを選ぶようになり、何となくうなぎのはらむ上ランク感に馴れてきた。それでも、鰻屋へ通うというほどの頻繁さではなく、気を入れて足を向ける気分に変わりはなかった。

このあたりで、蒲焼はもともとうなぎを丸のまま縦に串刺しにして焼いたところからくるとか、蒲《がま》の穂に似ていたからとか、形や色が樺《かば》の皮に似ているのがネーミングの始まりだとか、そんなかるいウンチクを酒の肴にするようになり、少年や青年時代に感じた腹ごたえの充実にはあまりこだわらなくなっていった。

そして、後期高齢者となったいま、うなぎの蒲焼と対面する機会はきわめて少なくなっているものの、うなぎの蒲焼の贅沢感が頭から消えたわけでもなく、たまにあの店の……てなことを思ったりもする。

つまり、うなぎの蒲焼には若者にも老齢者にもあてはまる、不変の贅沢感がそなわっているようにふり返ることができるのだ。

そして鰻丼、鰻重をリッチと見立てる感覚はなぜか女性にはあてはまらぬような気がする。ワタクシ、鰻丼には目がない方でございまして……は楚々たる女性にフィットしないセリフではなかろうか。以上のところが、うなぎの蒲焼はいまや絶滅に瀕している男の特権的世界の象徴であると見立てるゆえんなのであります。

変わった屋台の物語

「ちょっと変わった屋台があってさ……」

札幌の知人Hの言葉にうなずくと、Hは降りしきる雪の中でタクシーをとめた。Hは、あらゆるタイプの店を知りつくすような人で、彼が意味ありげにさそうのがどういう店なのかと、私は興味をそそられたのだった。そして、その屋台はたしかに変わっていた。

「ここで降りましょう」

そう言ってHは、中心街から離れた通りにポツンと一軒ある、居酒屋風の小体《こてい》な店の前でタクシーをとめた。たしか屋台と言ったはずだが……と首をかしげる私を、「いやいやまず中へ入るべさ」と招き入れたのだが、居酒屋風の建物を入った私は、Hが意味ありげに私を案内してくれた趣向をすぐに理解した。

目的の屋台は、その居酒屋風の建物の中にあったのだった。店の中に屋台……ふだんは小さく感じられる屋台が、建物の中におさめられるとかなり大きく見えた。祭のときに打ち眺めた神輿《みこし》を、神社の中で見たときと似ているかもしれぬ、と思いながら私はその屋台の前にならべられた腰掛け代わりのビールケースに尻を落ち着かせた。

「ビールケースに坐ってビール飲むのもいいんでないかい」

と言って乾杯の仕種をしたあと、なぜこのような店のありようが実現したかについてのいきさつを、Hが手際よく話してくれた。

この店の親方は、妻を病気でなくしたあと男手ひとつでひとり息子を育て上げ、屋台でこつこつと稼ぎながら大学を卒業させた。息子もまた、そんな父親の気持ちに報いるようによく勉強し、卒業後は札幌にある建築会社につとめて職場結婚し、やがて長男が生まれた。

そこで息子は、年老いてもいまだに北国の寒空の下で屋台商売をつづける父親の体を心配し、ひそかに会社に縁のある業者に頼んで安くつくった小さな店舗を、七十歳を迎えた父親の誕生日にプレゼントした。

「オヤジ、そろそろ店の中の商売やればいいべさ」

その息子の言葉への複雑な心境を、親方はかねてより親しかったHに打ち明けたそうだ。「バカヤロー、屋台は、俺の命だべさ！」と突っぱねる啖呵《たんか》ゼリフの親方像と、息子の親孝行に涙してプレゼントを受けるホームドラマ的父親像がHの頭に交互に浮かんでは消えることを繰り返したという。

「ところが、どっちでもなく親方は、屋台ごと店の中へ入ってしまったんだねえ」

Hは、感服するように言った。つまり、息子のプレゼントとして感謝とともに受け取りつつ、店舗の中へ、屋台ごと入って我を通した親方の〝大岡裁き〟に、Hは感動しているのだった。

Hの話を極上の肴としてビールを飲み、親方がつくる程よく旨いラーメンを味わって屋台の席から立ち上がり、さらに店の戸を開けて外へ出たとき、雪は嘘のように止んでいたものでありました。

鍋の底で仕上がった謎を揚げる

静岡市の屋台横丁のひとつである「青葉横丁」のとっつきに、「三河屋」という店がある。七、八人で満員といった感じになる小さな店だが、午後五時の開店時間少し前にはすでに何人かの常連客がならんでいる人気店だ。

店のご主人によれば、おでんの汁、フライのソース、焼いたものをつけるたれは、開店して以来、漉しては残して使いつづけているそうだ。おでんにふりかける〝出し粉〟は、鰹《かつお》、鯖《さば》、鰯《いわし》などをミックスしたもの。大根は、他の素材に味が移るという理由で入れない。じゃがいもは、つゆを濁らせ、底に沈んで焦げる原因となるので外す。竹の子は、アクが強いので入れない。色は黒いがさっぱり味がこの店のおでんの味の特徴だ。

この「三河屋」では、おでん、フライ、炭火焼きを味わうことができる、つまり煮る、揚げる、焼くの三位一体……いや、ここでは文字づかいの間違いを承知で三味一体と書くべきだろう。

カキに塩胡椒をして炭火で串焼きにしたやつ。巨大なレンコンを厚い輪切りにしたのに胡椒をし、最後に醤油をたらした炭火焼き。やはり巨大なカボチャの素揚げもまた逸品で、随所にご主人の創意工夫が凝らされている。

大体において、おでんでスタートしておでんでしめるお客が多いようで、私もその口かもしれない。

あるとき、例によっておでんから始めてカキやレンコンの炭火焼き、黒ハンペンや鯵《あじ》のフライなんぞを堪能して、そろそろおでんでしめようかと思ったとき、ご主人が何やらいたずら顔で私を見やり、

「たまには、こんなもんどうですか……」

目をのぞくように言って、見たところカキフライみたいな感じの揚げ物を私の皿の上に置いてから、

「何だか当ててみますか」

さらにうかがう顔になった。

「当てみろってことは、カキフライじゃないってことだよね」

「まず、食べてみてください」

私は、その小ぶりの揚げ物を口に入れ、舌で味わったり噛んで感触をたしかめたりしたものの、ついに正体を当てることができず、降参してご主人に説明してもらった。

その揚げ物の正体は、きのうついに客の注文を受けずに鍋の底の方に残った、すべてのおでんの具の味を吸い込んだコンニャクであった。ご主人はそのコンニャクにパン粉をつけて揚げてみたのだという。その味をたしかめるターゲットとして、私が選ばれたらしいのだ。

ただ、あらゆる具の味を吸いつくしたあげく残ったコンニャクを揚げたやつの味は、単品では味わいにくい、一朝一夕で仕立てあがらぬ只者でない味わいがあった。鍋の底にじっと沈んでいた時間の謎がねかされたあげく、衣を着せられて揚げられている……そんな謎めいた隠し味からは、〝老人〟の滋味がじんわりとにじみ出ていたものでありました。

カツオ節ダシと小麦粉のとろ味

若き編集者時代、大井町の私のアパートから歩いて七、八分ほどの立会川に住む、会社の先輩の家で、何度かカレーライス……いやライスカレーと呼ぶにふさわしいカレーをご馳走になった。

このカレーは、先輩のお母さんがつくってくれる、カツオ節でダシをとるスタイルなのだが、先輩もこれをいたく気に入っていて、ある日私をお裾分け気分で呼んでくれたのがきっかけだった。そして、私はいっぺんにそのカレーにハマッたのだった。

ある時期までの日本のカレーの一大特徴は、独特のとろ味をつける小麦粉を用いることだというのを、どこかで聞いたことがあった。ジャガイモ、ニンジン、タマネギ、豚のアブラ身、福神漬、それに小麦粉仕様ということになるのだろうが、そこにカツオ節のダシを加えていただければ、先輩のお母さんの味ということになる。

そんなカレーの味が、しだいに洗練されてゆき、いわゆる本格的なカレーへと近づいてゆく道筋をたどるのだが、この〝進化〟は私にとって一抹の淋しさをともなうものだった。何と言っても、小麦粉のとろ味がなくなったのが痛手だった。さらにさまざまな香辛料を駆使する複雑な味つけになっていき、カツオ節ダシなど言語道断、蹴散らされて忘却の彼方へと捨て去られていった。

そんなながれの中での一筋の光明が、先輩のお母さんのつくるカレーだったのである。先輩も先輩の奥さんも、味にはけっこううるさいタイプだったが、お母さんのつくるカレーには文句がなかった。母親や姑への孝行気分というより、二人ともお母さんのカレーのファンだったのだろう。後輩の私を食卓へ招待してくれたのだから、むしろ夫婦にとっての自慢のカレーということだったにちがいない。

やがて、私は大井町から吉祥寺へ引っ越し、先輩のお母さんも亡くなられて、小麦粉のとろ味とカツオ節ダシによるカレーが、私の前から消え去ったのだった。

私は祖母に育てられたが、明治生まれの祖母はカレーなどつくることができず、隣の親戚の家でカレーをつくると、小学生の私は皿にゴハンを盛って隣家の食卓に交ざり込み、わが家で味わえぬライスカレーを堪能していた。そのカレーは先輩のお母さんのカレーと同じスタイルだったはずで、つまり戦後の日本の各家庭の味ということでもあり、店でつくるカレーとはジャンルを異にする料理だったにちがいない。

ところがあるとき、私は先輩のお母さんや隣の親戚のカレーに限りなく近いカレーと、ひょんなところで出会うことになる。それは、吉祥寺の家にほど近いところにある蕎麦屋のカレー南蛮の味だった。これをソバではなくゴハンの上にかければ、私の求めるカレーになる。カレー南蛮のカレーは、まさに戦後のカレーの至近距離にある味であり、この発見はうれしく、〽待てば海路の日和あり……の気分でありました。

洗面器でサラダをつくる

若い頃は、ずいぶん不衛生なことを平気でやっていたものだった。いや、〝若い頃〟を一般化するのは潔くない、これは〝私の若い頃〟という意味であります。

大学を出て会社づとめが始まると、私は大学時代に三年のあいだ暮らした下宿を出て、隣のアパートの二階の四畳半へ引っ越した。〝隣のアパート〟へ引っ越すあたりに、社会人でのスタート時における自分の、何とも意気込みのなさがあらわれている。学生時代のアパートとは離れたまちで心機一転しようという心がまえなど、微塵《みじん》もない社会人としてのスタートだったのだ。

私は、物の整理というのが苦手で、部屋も散らかしっ放し、下宿ではオバサンが毎日片付けてくれたが、引戸の内側にたまってゆく新聞の山も高くなるがままという感じで、大家さんにとってはまことに好ましからざる住人だった。ある日曜日、大家さんにノックされて目を覚ますと、「これから一緒に材木屋へ行きましょう」と言われた。物の整理のため棚を吊ったらどうだ……という大家さんの老婆心、いやいわば親心だった。その材木屋への行き帰りにも、「ともかくあんなに部屋を散らかす人も初めてですよ」と、こんなことではロクな社会人になれないよ……というニュアンスでお説教されたものだった。

棚を吊ってしばらくたった頃、中学と高校のときの親友H君が、アパートへ様子を見にやって来た。H君は、なるほどね……というふうに部屋を見回し、手みやげのビール二本を部屋に置いてから、「鍋みたいなものある?」と言った。

そして、ヤカンはあるが鍋はない……という私の実情を察知するや、ちょっと買い物に行こうと私を連れ出した。そして私たちは、サラダ菜、塩、胡椒、酢、そしてなぜかタワシ一個を買ってアパートへ戻った。そのあとH君は、洗面器をボウル代わりに使って、野菜サラダをつくり始めた。

H君は、大学でボート部に入りその合宿でさまざまな料理をおぼえたと言っていた。

洗面器をちらと見たH君は、さすがにこのままでは……という様子でゴシゴシと洗い始めた。タワシはこのためか、と私はH君の気の回りに感服したまま、呆然とながめているばかりだった。

H君は、サラダ菜を荒っぽくちぎって洗面器の中へぶち込み、塩と胡椒と酢を混ぜ合わせてドレッシングらしいものを手早くつくり、サラダ菜の上へふりかけてからかるく手でもんで野菜サラダを仕上げた。H君がつくった野菜サラダは、なかなかの味だった。H君も満足げにうなずき、ビールを何杯か飲んで上機嫌に帰って行った。

あれから五十五年ほどの歳月をへて、なつかしさの奥で私がかみしめるうしろめたさは、H君がタワシで洗ってボウル代わりに使った洗面器……あれは、私が新しく買った物ではなく、私の前にその部屋に住んでいた人が、捨てるつもりで置いて行ったものであったという告白が、まだなされていない一事なのであります。

「どちらまで?」「雲の彼方まで」

一度だけ講演のため姫路市へ行ったことがあった。前日の夕刻に到着した私は、かの白鷺城とも呼ばれる姫路城見物は翌日のこととして、ホテルにチェックインしたあと、まずは腹ごしらえをする店を探そうと街へ出た。当たりか外れかという自分の中での賭けみたいな気分で、行き当たりばったりの店へ入るのが好きな私は、その日も大雑把に見当をつけた大ぶりな鮨屋へと入ってみた。

小ぶりで鮨の美学が結晶しているような店は重苦しく、さりとてあまりにも観光客向きの流行《はや》り店は避けようと、その中間といった感じの入りやすそうな店を選んだのだった。その店は、どこか巨大な台所を思わせる建物の奥の方にカウンターがある気軽な雰囲気で、私は自分に向けて〝当たり〟の合図をする心持ちになった。

奥に陣取っていた老人の二人連れの客が、そろそろ仕上げに入っているらしいのを目にとどめ、姫路の鮨屋における独特のネタは何かとご主人にたずねると、「今は、アコウやね」。

その即答にしたがって、酒の肴はアコウと決めた。鮮紅色のアコウは東京の鮨屋などではあまり見ないネタだったので、興味津々に口に入れてみると、深みのあるなかなかの味だった。アコウは冬の美味で、別名アカウオとも呼ばれ、本州中部沿岸における深海の岩礁域で獲れる魚だというご主人の説明を聞きながら舌鼓を打ったとき、奥の老人の二人連れが勘定をすませた。

「これからどちらへ？」

ご主人は、出前用の盛り付けをしながら、二人連れに向かって言葉をかけた。その雰囲気から、二人連れはこの店にながく通っている常連という感じが、手に取るように伝わってきた。

二人連れの一瞬、顔を見合わせた様子から察すれば、べつにどちらへとも決めているわけではないらしかったが、年輩の方の老人が主人の言葉にすぐに反応し、

「ちょっと雲の彼方まで」

と言った。するとご主人はにっこり笑って二人連れを見やり、

「それは何よりですなあ」

と言って、出前の盛り付け仕事にもどった。私は、不思議な思いにひたった。私は、店の主人と客とのやりとりなど、これまで飽きるほど聞いてきているはずだが、「これからどちらへ？」の問いと「ちょっと雲の彼方まで」「それは何よりですなあ」などという浮世ばなれした言葉の組み合わせに出くわしたのは初めてのことだった。

姫路らしいなあ……私はわけもなくそんな感慨にひたった。鮨屋のご主人も常連らしい老人の二人連れも、そのやりとりをとくに冗談めかして交わしているのでなく、ごく自然な呼吸でこなしていた。同席者たる私にかるく会釈を向け店を出て行く二人の老人のうしろ姿を、私はうっとりと見送っていた。二人の老人の向こう側に、まだ見ぬ姫路のお城すなわち白鷺城がくっきりと見えるようだった。そして絶品だったアコウの味からも、何やら有難味がかもし出されてきたものでありました。

第五章　今日は、絶好の雨日和

黒鉄ヒロシという謎の生命体

『赤兵衛』で有名な黒鉄《くろがね》ヒロシさんという御仁は、若くして〝老人のライセンス〟を手にした老成の達人と、かねてより私が見込んでいる親しい友である。生まれたときから老人だったんじゃないか……と思いたくなる見事な老成ぶりゆえということなのだが、私は黒鉄ヒロシさんに〝老子〟という渾名をつけて、ひそかに悦に入っている。

もちろん、老子とは何たるかの正しい解釈も何もありゃしない、自分の勝手に思い描く、いわゆる高齢者とは別格の老人の地平の価値と、黒鉄ヒロシさんのイメージを強引につなげた無学者によるネーミングである。

私はいっとき、毎週日曜日の昼には、二〇一六年三月二十七日に終了したテレビ朝日の「サンデー！スクランブル」なる番組を見ることにしていたが、その目的はすなわち、番組にコメンテーターとして出演していた黒鉄ヒロシさんを鑑賞する楽しみに他ならなかった。

テレビ番組でのニュースに対するコメンテーターの発言は、まことにもって厄介きわまりないのであり、大雑把に言えば番組の意向に沿った発言ということになるのだろうが、個性的表現もまた不可欠で、表現者としての黒鉄ヒロシさんの心中は複雑だ。

紋切り型の正義は無縁としても、個人的見解の披瀝をどの程度にしておこうか……その苦渋のざわめきが画面の中の黒鉄ヒロシさんから伝わってくるところがたまらなかった。意見を振られたときの、あの迷惑そうな苦笑いは、実に見がいのある風景だったのだ。

かねてよりいだく世界観に抵触する発言はできず、類型的あるいは偽善的な正義の発言は潔しとせず、隙をねらって何らかの自分らしさは出さねばならぬ……といった心もようから、〝歴史〟〝品格〟〝文化〟〝俯瞰《ふかん》〟〝遠望〟〝大局的〟などのセリフが呟き出されてくる。しかも、世の平和的感情、心情、正義を一刀両断にするのではなく、それはそれでよろしいが〝にもかかわらず〟という微妙なかまえで、できればその反対の、角度をご一考あれと示唆する……いや、まことにお茶目な〝老子〟なのである。

高知から上京して漫画家となり、大傑作『赤兵衛』で漫画家の第一線にのし上がり、阿川弘之、吉行淳之介、近藤啓太郎といったしたたかな大人たちと雀卓を囲み座談をこなし、若くして〝老人のライセンス〟を手にする人格が確立されたのではないだろうかと、私は踏んでいる。

また、坂本龍馬や織田信長などを主題とする作品から立ちのぼる個性的で頑固な歴史観や人物鑑定眼、さらにひそかに茶の湯をたしなみ器を愛でる数奇者でもあるその人間的な幅や奥行き、ともかく尋常一筋縄ではくくりきれぬこの〝謎の生命体〟が、頭で工夫をこねくり回したあげくコメンテーター黒鉄ヒロシの貌《かお》をつくって苦渋のコメントを紡ぎ出す……あの一瞬の切断面に凝縮される黒鉄ヒロシ世界を堪能できるのだから、テレビもスミにおけぬ怪物にはちがいない。

そんなわけで、「サンデー！スクランブル」の三月での終了は、私にとってまことに寂しかったのである。

病んだヨーロッパ人、伊丹十三

黒鉄ヒロシさんの〝老成〟について書いたあと、若くして〝老成〟を身につけていた伊丹十三《いたみじゅうぞう》さんのことをふと思い出した。

伊丹さんは、最終的には父・伊丹万作のDNAに沿うかのごとく映画監督という立場となって大成したが、若い頃はちょっとひねた変わり種の俳優という印象があった。私は、その伊丹さんの若い頃に、伊丹邸に頻繁に入りびたり、けっこう密につき合わせてもらった七歳下の友人だった。

伊丹さんがまだ「十三」でなく「一三《いちぞう》」と名乗っていた頃、出版社につとめる編集者であった私は、伊丹一三著『ヨーロッパ退屈日記』を読んで興味をそそられ、仕事の用件がないのに直接電話して、千代田区一番町の伊丹邸をおとずれた。その著書は、伊丹さんが俳優としての時間の中で感じた事柄を〝退屈〟という言葉で染め、いわゆる伊丹文体で書き綴った異色のエッセイ本だった。

当時の伊丹さんは、日本ではまだ有名とは言えぬ俳優だったが、オファーを受けてのハリウッド映画『北京の55日』や『ロード・ジム』の長期ロケにおける体験を雑誌「婦人画報」に連載し、本の題字、イラスト、装丁も自らこなすという多才さで、その存在がそろそろ注目されはじめていた時期だったという気もする。

ま、ちょっと時代の先をゆくセンスを放つ青年俳優だったという言い方もできるだろう。

その伊丹さんの何が〝老成〟とかかわるかといえば、どこかヨーロッパの贅沢な教養人を感じさせる雰囲気が、服装や物言いから醸し出されていたせいでもあった。つまり、病んだ歴史を背負うヨーロッパのけだるさをはらむ文化人の香りを、伊丹さんは身にまとっていたのである。

そして、物を見るその立ち位置が、病んだヨーロッパの大人びた世界とかさなっている。ということはつまり、当時の日本の文化のレベルを、上から目線とシニカルな笑みをもって見おろす早熟の眼差《まなざ》しの持ち主ということになる。そしてそこから、〝早熟の老成〟といったイメージが立ちのぼっていたのだった。

その特異な香りに、まったく普通の青年であった私は、新鮮な刺激を受けた。自分がいっさい身につけていないセンスを、けだるそうに、そして無邪気に放つ伊丹さん独特の空間にいる自分が、何となく贅沢に感じられたりして、私はこの、〝早熟の老成〟たる伊丹さんに、いきなり馴染んでしまったのだった。

その「けだるそうな無邪気さ」「シニカルな笑み」「病んだヨーロッパの文化人のごとき香り」の中にはやはり、〝老人のライセンス〟を透かし見ることができるのだった。

そして、大人びたていねいな物言いと、冷ややかさと無邪気さが交錯する伊丹さんによって語られる日本の政治情況や文化への反応、とくに文学界や、映画界や芸能界へ向けられるシニカルな目線にただようのは、そこにはいっさいかかわりない外国人であるかのごときスタンスの香りだった。

そこにはすでに、日本という文化の土壌から〝隠居〟した人といったムードがただよっていたものである。

野坂昭如の綺麗なお辞儀

野坂昭如さんの第一印象と、この世に存在しなくなった野坂昭如像の中で第一に思い浮かぶ姿とが、私の中では一致している。

その第一印象は一九六三年、すなわち私が中央公論社（現・中央公論新社）に入社し、「小説中央公論」なる雑誌の新米編集者となった年の夏のことだった。

大物作家の原稿が入らなくなり、その穴埋めに先輩の水口義朗さんがあずかっていた野坂さんの「エロ事師たち」が急遽掲載されることとなった。いわば、新人作家の大抜擢だった。

野坂さんは、その作品のゲラの著者校正のため、編集部が詰めていた大日本印刷の出張校正室に姿をあらわした。そのときの野坂さんの綺麗なお辞儀に、少しばかりこだわってみたい。

そのときもサングラスをかけておられたが、当時の野坂さんには、〝黒メガネ〟にかぶせられた軽薄分子のイメージがあり、もちろん小説家たる立場はまだなかった。

野坂さんは、自分にかぶせられたその軽薄分子のイメージを、あえて前面に出す偽悪を好み、やがてそこに硬質な無頼の色が染まってゆくのだが、それはさておき、ここでの眼目は、綺麗なお辞儀である。

そのとき野坂さんがあらわしたお辞儀が理にかなった正しい礼であるや否やは、私などには解読できなかったが、その綺麗なお辞儀が第一印象として私の目と心に強くやきついたのはたしかだった。

それから六年後の六九年、その年に創刊された文芸誌「海」に配属された私は、さっそく野坂昭如担当を申し出た。その前年、野坂さんは『火垂るの墓』『アメリカひじき』で直木賞を受賞し、小説、エッセイ、CMソングをこなし、歌手としてもデビューするなど超多忙作家となっていた。

そして、すでに原稿が遅れに遅れて、編集者を手こずらせる帝王としての定評を得ていた野坂さんに、担当者として四苦八苦させられる私の日々がスタートしたのだった。

以来、八一年に退社するまでの十二年間、私は野坂昭如担当の四苦八苦を堪能した。なぜかその四苦八苦に不快感がともなうことはなく、それはもちろん最終的に手わたされる原稿の内容への満足感のせいだったが、その間に体感しつづけた野坂さんの綺麗なお辞儀のせいでもあったにちがいない。

きちんと締切を守っての綺麗なお辞儀であったなら、それは立派な大人としての礼儀の枠内にすぎないが、〝遅れる〟〝逃げる〟〝だます〟のあげくの綺麗なお辞儀となると、そこを超える表面張力が感じられるのだった。

しかも、その古式にのっとるかのごとき綺麗なお辞儀をあらわす野坂さんの顔には、つねにあの軽薄分子の象徴だった〝黒メガネ〟があったのだ。

大人の礼儀をスカすような黒メガネの野坂昭如と綺麗なお辞儀の組み合わせの奥には、普通の大人におさまりきれぬ大人の奥深さがのぞいていたはずである。

窓を開ければ焼け跡が見える

うっかりしていたら、グラフィックデザイナーでアートディレクターの長友啓典《けいすけ》さんが亡くなってしまった。

トモさん（長友啓典さんの愛称）とは、『時代屋の女房』の装丁をしてもらったり遊び友だちとして密につき合ったりしていたが、遊びの舞台が東京、大阪、神戸……とそのときの気分によってダイナミックに変わり、お互いクソ忙しいときによくもそんな時間があったものだと、ふり返って我ながら感心する。

私が、大阪の通天閣の界隈つまり〝新世界〟にハマッていたのもその頃で、大阪出身のトモさんはそんな私によくつき合ってくれたものだった。

ジャンジャン横丁という〝人間市場〟の徘徊的探索については第一章でも書いたが、

その何回かがトモさんと一緒だった。ある日、新大阪駅からタクシーで通天閣あたりへ向かった私は、夕方になって雨が降ってくるや、その界隈にある旅館に泊まろうとのいたずら心をおぼえ、それを口ばしると、トモさんが「ボクもつき合いますわ」と言った。

安旅館の玄関を入ってすぐ見える階段の途中で、その家の子供が宿題をやっているらしい姿があった。親に叱られて子供が脇へよけたあと、私たちは階段を上がったところのせまい部屋へ案内された。そこへ手荷物を置いたトモさんと私は、戎橋《えびすばし》脇のグリコのネオンのあるビルの中にある「イブ」というトモさん行きつけの店へ行き、二人マスターみたいなカナオカさんとオオキタさんとともに酒を飲み、まちへくり出して雨の中を何軒か呑み歩いたあと、二人マスターに別れを告げて通天閣近くの旅館へ戻った。

そして、二人とも遊び疲れのような状態の中で昏々と熟睡した翌朝、宿酔《ふつかよ》い気分で目を覚ました私は、部屋の窓を開けたとたん仰天した。目の前に、焼け跡がそのまま残っているけしきがあったのだ。いつの日かの火事で黒こげになって崩れた建物がなぜか放置され、ゆうべの雨に打たれた水道管だけが、キラキラ光っている光景に、私は妙な感慨をおぼえたりしたものだった。

自分が寝た部屋の、窓のすぐ前に焼け跡があるというのは想像外のけしきだった。ここは建物が密集してますよってなあ、消防車がよう入らんのですわ……という帰りぎわの家の主人の説明も、私は浮かぬ顔で聞いたものだった。

それより、窓の外にあらわれた焼け跡と、そこにただ一つの生き物みたいに存在感を示す水道管を見て仰天した私が、「トモさん！」と呼び起こすと、「何ですかあ」と迷惑そうに目をこすりながら浴衣の帯をしめ直したトモさんが、私の視線にみちびかれて窓外の焼け跡にぼんやりと目を向けた。そして、ふと空を見上げるなり、

「ようやく雨、上がりましたなあ……」

と渋くあかるくのたもうたのだった。泊まった宿の窓の外が焼け跡だった……そんな程度の非日常におどろいて、大阪人やってけますかいな……というトモさんの悠々たる笑顔は、すでにして大阪天王寺育ちたる大人のものだった。

今日は、絶好の雨日和

かつて、銀座の小さな酒場で、偶然に倉本聰さんにお目にかかったことがあったが、北海道の富良野に仕事の本拠地をつくられた倉本さんが、天気予報番組にあらわれる〝差別〟について語られたそのときの言葉が、今も耳に残っている。

たとえば台風の情報を伝えるとき、アナウンサーが九州、四国、近畿、関西、中部、北陸、甲信越、関東、東北と台風の進路と通過する日時を予報してから、「そのあと台風は北海道方面へ抜けるでしょう」とコメントする通例への、「北海道を何だと思ってるんだ」という北海道人を代表しての反応を、倉本さんはウィットに富んだ天気予報への突っ込みとして言われていたのだった。

たしかに、アナウンサーの気遣いをつくしたあげくの言葉遣いのスタイルが、気づかずに〝差別〟をふくんでいるケースは多いだろう。倉本さんの言葉にうなずきながら、私は自分の頭にあった、天気予報を伝えるアナウンサーの言葉の中にある、別な〝差別〟を思い出していたのだが、それは天気予報にあらわれる雨そのものに対する〝差別〟であった。

天気予報はおおむね、晴天＝よい人、曇天＝少し悪い人、雨天＝悪い人、雪＝きびしい人、台風＝ひどい人……といった価値観をベースになされているのではなかろうか。雨天＝悪い人というスタイルの天気予報からは、恵みの雨の要素はシカトされ、ひたすら人々に不便をもたらす困り者といったあつかいになっているのだが、あれはいかがなものか。

いや、いかがなものか……というアングルからの発言は、もちろん私の分ではなく、ここでは生活の中の趣きとしての雨の価値について少しばかりこだわってみたいのココロだ。

かつて、雨宿りという日本独特の風景があって、これは軒先が傘のようになっている日本家屋がなりたたせるけしきだった。急な雨をいっときやりすごすため、縁もゆかりもない家の軒先をしばし借りる。西洋建築の屋根の帽子のイメージに対し、日本建築の屋根における傘のイメージ、特徴によって生まれる、あれは日本独特の情緒だったかもしれない。

その雨宿りのわずかな時間の中での、見知らぬ男女の出会いなどは、永井荷風的雰囲気の最たるものではなかろうか。私はあるとき、ともに雨宿りでいっときをやりすごしていた隣の老人が、何やらぶつぶつとひとり言を呟くのが気になり、耳をそばだてるとそれが目の前の雨を詠む即席の俳句であることに気づき、日本だな……と感じ入ったことがあった。

第一、雨宿りという言葉自体が、何ともロマンチックな情緒をかもし出しているではないか。どこか、かるい非日常が伝わってくる言葉なのである。

そんなあれやこれやを思い出してみれば、雨＝悪い人との天気予報のベースにある価値観はいかにも寂しい。せめてたまには、「今日は、絶好の雨日和《あめびより》であります」てなセリフを聞いてみたいものである。

オヒョイさんの手品

藤村俊二さんの〝オヒョイ〟というニックネームの由来はいくつか聞いたが、ダンサー時代にライン・ダンスの列からヒョイと消えるというのが、どうやら定説となっているらしい。飲んでいても、騒いでいても、議論をしていても、その場からヒョイと消えているからだという説もあり、正解はよく分からないものの、ともかくあの飄々とした風貌と風情に、〝オヒョイ〟がきわめてフィットしていることはたしかだった。

ただ、私は個人的な意味合いにおいて、オヒョイさんのオヒョイたるイメージを、ひそかにかくし持っている。

かなり以前、目白の旧細川侯爵邸の建物の内部をそのまま舞台として行われた、女優村松英子さん主催のアガサ・クリスティ風のミステリー劇を観に行ったのだが、そこが藤村俊二さんとの初対面の現場となったのだった。

チケットを持って入口に並び次々と旧細川侯爵邸へ入って行く客たちを、村松英子さんを始めとする俳優の方々が、その役の扮装のまま迎えてくれるので、客はその瞬間からフィクションの空気につつまれるという趣向。藤村俊二さんはその芝居でこの館の主人の執事を演じているので、執事らしい服装のままで客を迎え入れていた。

私は、藤村俊二さんがその頃青山の通称〝キラー通り〟にアイリッシュ・スタイルの「O'hyoi's《オヒヨイズ》」なるワイン・バーを出したとの噂を聞き、ぜひ一度のぞいてみたいと思っていた。そこで執事姿で出迎えた藤村俊二さんにチケットを渡しながら、「あのお店ですが、どの辺なんですか……」と聞いてみた。

藤村俊二さんとしては、すでに芝居に入っている時間のことであり、執事役になりきって、インギンに私のチケットを受け取ったのだったが、私の不意の質問に、複雑な表情を浮かべながらも内ポケットを探り、「O'hyoi's」の場所と電話番号を記したご自身の名刺を、ヒョイと取り出して私にさし出した。

芝居の扮装である執事の服の内ポケットに、なぜ現実に出店したバーの名刺を仕込んでいたのか……それは、のちに藤村俊二さんにたしかめても、「どうして店の名刺があったんですかね、あの内ポケットに……」と苦笑いしながら首をかしげるばかり。この件はやがて藤村俊二さんとの酒の肴となっていったのだが、あのときのヒョイと名刺を取り出した、虚実をあやつる手品師のごとき雰囲気が、私にとっての〝オヒョイさん〟の根拠になったものだった。

ともかく、年齢の重みに陥ることなく、つねにかゝろみにみちた飄然たる空気感に、藤村俊二さんはつつまれていた。六十歳の還暦を迎えたとき、黒く染めたチリチリパーマをやめて白髪をさらし、それによって類稀な風格をもつ大人の魅力を放ちはじめたのも、いわば手品のような豹変ぶり。あそこで手わたされた「O'hyoi's」の名刺が日ましになつかしくなっていった……その矢先の惜しすぎる死だった。

藤村さん、いつかどこかでヒョイと姿をあらわす手品を待ってます。

永六輔とトニー谷の奇縁

戦後に、「レディース・アンド・ジェントルメン・アンド〝オトッツァン、オッカサン〟オコーンバンワ！」という奥さま言葉と英語の入り混じったギャグとともに登場するや、お笑い界の先輩を、ごぼう抜きする勢いで一気に人気の頂点をきわめた、トニー谷の名や話術を憶えているかたが現在どれくらいおられるだろうか。

もともとは、占領軍施設であったアーニー・パイル劇場で、アメリカ的ショービジネスのセンスを身につけ、英語混じりの日本語を駆使するボードビリアンとしてデビューしたが、その舞台での人気がたちまち膨張して、日劇などの舞台やラジオ、さらに映画にまで進出し、片手に持ったソロバンを自在にあやつってリズムをとり、それに合わせてきわどい風刺を連発し、数々の流行語をつくった異才の芸人だった。

だが、その人気の絶頂期であった三十七歳のとき、長男の誘拐事件が発生し、見るまに第一線から脱落し、人々に忘れ去られる運命をたどる。長男は無事戻ったが、その事件によってトニー谷自身の父としての痛々しい姿が世間に露出し取沙汰され、本来のあざとい芸を封印せざるを得なくなった。最盛期時代の有頂天な行動ぶりが、浅草出身芸人をはじめとする戦後のお笑い界の中から浮き上がってもいたせいで、援助する者も少なく、人気が先細り、人々から忘れ去られていった。

そんなどん底時代のある日、地下鉄銀座駅から地上へ向かう階段の途中に憔悴しうずくまっていたトニー谷に声をかけたのが、永六輔さんだった。

永六輔さんは、トニー谷には類稀なテンポをもつ歯切れのいい〝話術〟という財産があるではないかと諭し、消極的なトニー谷に発奮のチャンスを与えつづけた。人々に理解されにくい芸人に場を与えようとする、永六輔さん特有のやさしさだった。

私は、そのトニー谷の生き方をテーマとして『トニー谷、ざんす』なる作品を書いている途中で、ふとそのことを思い出し、永六輔さんの話をお聞きしたいと思った。

トニー谷は、永六輔さんの主催するいくつかの催しにおいて、水面下の活動をつづけていたが、自らの往年の人気との落差に気落ちする日々の連続だった。永六輔劇団の出演も金沢市内のライブハウスでのワンマンショーも、当人にとっては寂しい手応えだったようだが、戦後のあざといギャグによるボードビリアン時代の、そのまたずっと以前の自分にふと思いを向け、若い頃に身につけた都々逸《どどいつ》と話芸をからめた芸風を見つけ出した。

往年の人気にははるかに及ばなかったものの、消えかけていたロウソクに炎を与えるかのごとき、永六輔さんのさしのべた手によって、いささかの残照を残すことができたのは、七十歳で生涯を閉じたトニー谷にとって痛切な幸せであったにちがいない。

江戸っ子同士の縁とも言えるのだが、この地下鉄の階段における出会い場面に始まるトニー谷との奇縁は、永六輔さんについて知られるいくつかのエピソードの一つとして、つけ加えておきたいのである。

笠智衆と老人のレッスン

ある世代以上の人に〝老成〟へのあこがれや敬意があった例のひとつとして、いわゆる〝老け役〟に対する笠智衆という俳優の取り組み方が浮かんでくる。

今の人々には〝寅さんシリーズ〟における姿が目に残るのだろうが、笠智衆と言えば、かつて小津安二郎の『東京物語』『晩春』などでの父親役、老人役を演じ、独特の芸風を映画ファンの目に残した映画俳優だった。とくにその熊本弁の雰囲気をもつというのか、熊本弁たらぬ工夫というのか……抑揚のない飄々たるセリフの言い方が、当時の物真似芸人のターゲットとしても評判になっていたものだった。

ところが、これは多くの人が指摘するところだが、小津作品に出演していた頃、笠智衆はいわゆる〝老優〟ではなかった。

笠智衆は、一九〇四年に熊本で生まれ、一九二六年に松竹に入社した人だ。そして十年近く大部屋俳優としてすごしたのち、小津安二郎に認められて『大学よいとこ』に出演し、以後、出世作といわれる『一人息子』や『父ありき』『晩春』『東京物語』『秋刀魚の味』などの小津作品での味わい深い演技で評判となった人だ。

その小津作品における役柄から、〝老優〟のイメージがつきやすいが、『晩春』のときは四十五歳、『東京物語』のときは四十九歳、一九六二年上映の『秋刀魚の味』にしても五十八歳のときの作品だった。現在の同年齢の男性とはかさなりにくい人物像をつくり出しているのだが、これはつまり笠智衆流の演じ方ゆえのイメージなのだ。しかも、三國連太郎のように、老人を演じるさいの偏執的工夫などで評判を生む演技のスタイルではなく、淡々とそうやって演じつづけていた……といった肌合いの俳優だった。

ただ、実年齢を知ってみると、それが自然体であったというのでもなく、そのときの若さで老人を演じるための、独自の演技に開眼したあげくの世界であったことを汲み取ることができるようにも思わされる。

そして、かつての大人たちには、笠智衆がそうやって〝老人〟と取り組んだように、ある年齢のうちに、老人になるためのレッスンをしていたような人が多い。これは男女問わずのことであり、私の祖母などが五十歳をすぎたあたりから、老女らしい着物や帯を身につけ、銀鼠《ぎんねず》裏地の日傘をさして歩いたりしていたように、ごく自然に〝老け〟のレッスンをしていたように思われるのだ。

そして、そのような予備練習のつみかさねのあげく、あるとき不意に〝老優〟のような〝老人〟の味が出るケースもあるということであり、レッスンをすれば誰でもその境地に達するわけでないのはあきらかなのだ。笠智衆の棒読み風セリフの奥は、きわめて深いというわけであります。

最晩年に男味感じさせた〝アラカン〟

いま〝アラカン〟と言えば、〝アラフォー〟に対する還暦の呼称の方が通りがよいが、そもそも〝アラカン〟とは嵐寛つまり嵐寛寿郎を反射的に思い起こさせる親しみのこもるネーミングだった。

といっても、今日の若い世代に嵐寛寿郎の方のアラカンは通用するはずがない……と思えば、私などはいささか寂しい気分にもなる世代のひとりである。

嵐寛寿郎は、一九〇三（明治三十六）年に京都で生まれ、祖母が上方歌舞伎の名門の娘であったので、幼い頃から舞台に馴染み、嵐和歌太夫という名で若手の女形として人気が出た。そして二十三歳のときにマキノ映画に引き抜かれ、嵐長三郎の名でいきなり大佛次郎原作の『鞍馬天狗異聞・角兵衛獅子』の主人公たる鞍馬天狗役に起用されるや、たちまちスターとなった。

翌々年には〝右門捕物帖〟のシリーズがスタートし、この〝むっつり右門〟は日頃の嵐寛寿郎の、これまた〝地〟としての無口と〝役〟のむっつりがぴったりで評判となった。わずか二年で二つの当たり役という破格の幸運にめぐまれた、娯楽時代劇スターの誕生といってよいだろう。

戦後にも嵐寛寿郎の鞍馬天狗物は次々とつくられ、映画館を出る男の観客が何となく鞍馬天狗気分をまとっていたほどの人気で、これはのちの石原裕次郎映画を見た若者が、左足を微妙に引きずって、〝裕ちゃん〟に身をゆだねた例にくらべればいささか渋いが、なかなかの人気をほこっていたのはたしかだった。

時代劇俳優としては、阪東妻三郎、長谷川一夫、片岡千恵蔵、市川右太衛門とならぶ人気スターで、新東宝『明治天皇と日露戦争』における明治天皇役や、晩年の東映任俠映画〝網走番外地〟シリーズの老親分鬼虎《おにとら》役が印象に残っているものの、華やかな大スターの中ではどちらかといえば地味な存在といってよかった。

ただ、最晩年に自らの女性問題にかかわる話題でテレビ番組に登場したときの、真っ正直な話しぶりが、私には強烈に残っている。それは、鞍馬天狗やむっつり右門のイメージとは程遠い、男味のあふれる精力的な話しぶりだった。京都花街たる祇園の十六歳の舞子を落籍したのをはじめ、六人にわたる曲折の女遍歴を、嵐寛寿郎は正確さを旨とするような力《りき》の入れ方で喋っていたものだった。

別れるときは家を与え着のみ着のままで家出したり……ともかく、お茶の間でテレビを見ている主婦には別世界の男道《おとこどう》であり、つまりは〝女の敵〟という扱いだったが、なぜかその真面目な吐露が評判となり、この手の話題で何度かテレビに出たような気がする。

考えてみれば嵐寛寿郎は、クライスラーを乗り回したり、飛行機操縦の免許を取ったりした人だが、子供にはめぐまれなかった。嵐寛寿郎は〝アラ還〟をとうにすぎたアラ喜寿の年齢でこの世を去ったが、スクリーンの〝アラカン〟からは想像しにくい人間臭い実人生だったようだ。

シナトラ流の手品

かのフランク・シナトラはその全盛期の誕生日に、ニューヨークの超豪華ホテルの、これまた超豪華な一室をとり、そのときもっとも気に入っている女性を、そこに招待していたというまことしやかな噂ばなし的エピソードを、何かで読んだか聞いたかしたことがあった。

このエピソードは、その真偽以前に伊達男フランク・シナトラの芯を突いた内容にみちており、もし作りばなしであったなら、その作者に敬意の乾杯をささげたいくらいの出来栄えなのである。

その年の誕生日に選ばれ招待された特権的な女性が、シナトラ好みのファッションに身をつつみ、指定された時刻にホテルの部屋のドアをノックする。だが、ドアの鍵はすでに開けてあり、ほんの少しの隙間が微妙なしつらえのように彼女を招いている。それでも彼女は、もう一度ノックをする。中からは何の返答もない。彼女は、おそるおそるドアを押し開けて、部屋に入り、声をかけてみるが、やはり、返事はない。

不安げに部屋の中を歩みすすむうち、彼女の目はドアの正面にあたる大きな窓の手前に、シルエットとなったシナトラのうしろ姿をとらえる。声をかけてみるが、うしろ姿はやはりそのまま動こうとしない。

息のつまるような緊張感の中で沈黙の時がしばらくつづく。彼女にとっては、どうしてよいのか分からぬ重苦しい時間だ。彼女の緊張が、まさに限界を超えようとするその一瞬、シナトラはゆっくりと彼女の方へふり向く。そして彼女は、自分に向けられたシナトラの目を見て、拳をにぎったまま立ちつくしてしまう。

自分にじっとそそがれているシナトラの目は、世界中でいちばんみじめで、悲しく、寂しい男はこの俺だ……ということを強く伝えている。彼女は、それをどのように受けとめてよいのか、混乱してしまう。シナトラの貌には、いま全盛をきわめるスター歌手であり、ハリウッド映画の代表的俳優であり、都会派を代表する一大エンターテイナーであるというイメージのかけらもなく、これが俺の真の姿だとうったえ哀れみを乞うひとりの男の表情があらわれている。

沈黙の緊張がつづくうち、彼女はやがてこう思い始める。この孤独な男を救ってあげられるのは世界中でアタシひとりしかいない……その思いがみるみるうちにふくれ上がり、やがて確信にいたったとき、彼女はシナトラに向かって突進し、その胸に〝哀れな男〟シナトラを抱きしめる。そのあとのなりゆきなど、想像するのもシャクというものだ。

栄光を手にする者のみがこなせるこの特権的手品を、シナトラは毎年の誕生日に、別な女に向けて披露していたというのだが、素人が真似をすれば大ケガのもとであるのは自明のこと、というわけであります。

ジャン・ギャバンと鶴田浩二と男の酒

ひとり暮らしの老ギャングが、深夜に屈託をかかえてアパルトマンの部屋へ帰って来る。部屋のあかりをつけ、片手で無造作にネクタイをゆるめながら、棚においたカルヴァドスの瓶の栓を口にくわえて開け、ソファに身をゆだねる。そしてグラスに注いだカルヴァドスを一気にノドへおくり込む。そんなシーンを演じるときのジャン・ギャバンからは、ありきたりの幸せをつかみそこねた男の華が立ちのぼり、床を歩くときの重々しい靴音にまで哀愁がからんでいるようだった。

フランスの俳優の中で、酒を飲むシーンを見てつくづく感服するのが、ジャン・ギャバンだった。同じシーンを何度見ても飽きないのだ。ジャン・ギャバンの酒を飲むシーンだけをつなぎ合わせたＤＶＤでもあれば、私はひと晩じゅう見ていたいくらいだ。これは、リノ・ヴァンチュラではいささか品と屈託の深さが足りず、アラン・ドロンでは色気にかたむきすぎという感じで、やはりジャン・ギャバンの特権的魅力というものであった。

日本の俳優の中で、これに匹敵する酒を飲むシーンの達人は、鶴田浩二だった。鶴田浩二にもまた、酒を飲む場面と男の深い屈託がにじみ合う魅力があり、これもまたDVDがあればひと晩じゅう……の世界なのだ。

ジャン・ギャバンと鶴田浩二の酒の飲み方は、当然ちがう。そして、このちがいがカルヴァドスと日本酒やウィスキーのちがいではなく、二人の役者の資質、肌合い、センスのちがいであるのはあきらかだ。

ジャン・ギャバンは、いつのまにカルヴァドスを飲んでいたのかと思わせるほどぞんざいに、素っ気なくその液体を体の中へおさめてしまう。そこに、何ら役者らしい思い入れをさしはさまないのが、ジャン・ギャバンの流儀といった感じなのだ。

鶴田浩二は、日本酒であれウィスキーであれ、口にふくんだ酒をいったん口の中にためるようにしたあと、何かを思い切ったようにぐいとノドへおくり込む。そして、そのしみる感覚をかみしめるように、額と目尻に皺をよせ唇をかみしめるのだが、このあたりの表情がたまらないのだ。映画のストーリーと関係なく、そのシーンが私にとってのクライマックスとなってしまうのである。

この二人に共通しているのは、酒の旨さなどにいっさい取り合わず、自分の屈託を一瞬だけおさえるための劇薬であるかのごとき表情を浮かべるところだ。これはおそらく、映画の主人公への思い入れとはかかわりのない、ジャン・ギャバン流であり鶴田浩二流だったという気がする。とするならば、二人が実人生の中でたくわえた屈託が、酒を飲むシーンにおいてついこぼれ出ている、その味であるのかもしれないのだ。

いま、酒を飲むシーンだけで目を奪われるような俳優は、まったく見当たらない。それは、役者の内面に埋め込まれるべき、深い屈託の欠如であるのかもしれないのである。

第六章　涙をさそう唐辛子の焼香

極め付きの無表情

老人のたたずまいが似合う舞台が何処であるかと言えば、そのひとつが葬式の場ではなかろうか。そして葬式は、老人の知識が通用する空間でもあった。葬式は、現代という時のながれの中において、きわめて特殊な空気をもつ世界である。

生の世界での門出を祝う結婚式には、もはや老人の知識はまったく通用せず、その姿たたずまいも、あえて必要とするものではなくなっている。

だが、葬儀となると、老人のたたずまいはにわかに威厳をもって光りはじめる。あれはたぶん、葬式の場が無表情の似合う空間であるからにちがいない。極め付きの無表情……それは、生ぐささの遠のいた老人の特権である。

そして、結婚式のこの時代における様がわりというか激変に対して、葬式の様がわりは一向に目立たない。規模の差はあっても、葬式へ足を向ける人々の趣きにさしたる変化はないし、葬儀場のしきたりとて、かつてよりややあっさり感はあるものの、大体において同じようなながれによって進行しているようだ。人々は、一様にきわめて日本人らしい表情をつくり、日本人らしいおごそかな風景を醸し出している。

だが、形式や表面のありように変化がもたらされない世界でも、人の心の内側にはまったく違う意識のながれが生じてくるもの、葬式の席における人々の心もようも、おおむねそんなところだろう。

人間と人間の関係のざわめきは、葬式がおごそかであった時代も今も、さしたる変化はあるまい。ただ、かつてはそのざわめきを封印してしまうほど、葬式という世界のしきたりが厳然としていたのだ。

今や、表面上のおごそかさはかろうじて残っているものの、葬式に魂が入っているいないの度合いが、かつてとはちがっている感じなのだ。いわば、故人に対してそれぞれの人がいだく個人的感情が、小波のようにただよっている感じ……言いかえれば、葬式のかたちがカジュアルになり、その個人的小波を封印するけはいが薄くなっているのだ。

そこで、散乱する人々の想いを収斂《しゅうれん》するために、葬儀屋関係の人々が、てきぱきと葬式らしい雰囲気をつくってゆく。式を盛り上げつつスムーズに参列者を誘導し、つつがなく葬式を進行させるプロの手さばきだ。参列者が多いときは焼香のあと両外側から参列者を帰すように、そして少ないときは中央から帰れば混み合ったように見えるように……とか。

この誘導によって、何をしてよいか分からぬ気分は失せるものの、何をしに来たのかがつかみにくいまま葬儀の場をあとにするといった気分も生じてくる。

ただ、それやこれやの空気の中で、じっと宙に目をすえる老人の無表情は、あいかわらずお葬式の場においては不可欠。参列者の中の何人かの老人のあらわす極め付きの無表情が、葬儀の規模やスタイルの変化を超えて、今も葬式を支えつづけているのである。

上り坂と下り坂はどっちが多い？

「東京にある坂は上り坂と下り坂とでは、どっちが多いと思う？」

これは、〝同じ数〟という正解にいたるまでの、ほんの少しの意識のさまよいをさそう謎かけだ。同じ坂を、上れば上り坂、下れば下り坂……そこへふっと思いを落とすだけのことなのだが、私はなぜかこの謎かけが好きだった。

もはや、四十年以上も前のことになるが、私はつとめていた出版社の社員として、当時の老作家、舟橋聖一氏の葬儀に駆り出されたことがあった。当時は、大物作家の葬儀を、各出版社が分担し合って仕切り、それぞれの会社の社員は、受付、会葬御礼の宛名書、会葬者の誘導などを手分けしてやる習慣があり、私は目白通りから舟橋邸へ向かう車の誘導を割り当てられた。

大きい斎場や葬儀場で行われる葬儀も亡くなった作家の威厳や人気をあらわすものだが、舟橋聖一氏の葬儀は敷地が広く屋敷も大きい目白の舟橋邸で行われ、これもまた故人のその時代の作家としての隆盛を示す証しにちがいなかった。

目白通りを入ってから舟橋邸へは百メートルほどの距離があり、私はその中ほどに立って、会葬者の道案内をしていた。葬儀の終わりに近い頃、私は老作家のY氏が、片側のコンクリート塀に時おり手を当てて体を支えつつ、おそろしいほどの遅い足どりで、用心深く歩いて来るのを目にとめた。Y氏は高齢のうえ体調も芳しくないと聞いていたので、私はじっとその姿を待ち受けるかたちで見守っていた。そして、かなりの時をかけて近づいたY氏をいたわりつつ、「本日はご会葬ありがとうございます」と言って、舟橋邸の門を示した。

するとY氏は、私にかすかな会釈を向けてから、重苦しそうな表情で二、三度うなずき、「何しろ、上りはきつくてね……」

と呟いてから、舟橋邸へと入って行った。私は、Y氏の言葉の意味が呑み込めず、しばらくポカンとしてそのうしろ姿を見送っていたが、やがて地面にしゃがみこむような姿勢をつくり測量士の気分で目白通り方面を打ちながめて、腑に落ちた。目白通りから舟橋邸に向かう道は、ほんのかすかに上り勾配になっており、Y氏の「上りはきつくて……」という呟きをようやく理解できたのだった。

私は、さぞかし消耗されたことだろうと、焼香の帰りにふたたび目白通りまでの百メートルほどを歩くであろうY氏を気にして道に立っていた。すると、私の脇を鼻唄を口ずさみつつ、すいと行きすぎたY氏の影があり、それは軽妙ともいえる足どりだった。なるほど、帰りは下り坂だから楽ということか……と、飄々と目白通りへ向かうY氏のうしろ姿を、私はしばらく目で追っていたものだった。Y氏にとっては、苦しい上り坂とちがって下り坂は極楽道中。つまりY氏に対しては、〝上り坂と下り坂は同じ〟が正解の謎かけは通用しないというわけでありました。

老イテマスマス耄碌

一九九三年に新潮社から出版された、吉行淳之介さんと山口瞳さんの対談本『老イテマスマス耄碌《モウロク》』なる本を、時どき本棚から引っ張り出してながめるのだが、その時どきにさまざまな感慨がみちびき出される、私にとって極上の人生ガイドブックである。

この本の表紙には「老後がマスマス楽シクナル本」というキャッチコピーがあり、そこに「近ごろ隠居願望いちじるしい山口瞳翁と、もっか四種の宿痾を抱えて疲労困憊の吉行淳之介旦那が交わす、世にも不思議な『コンニャク問答』五篇」という文が添えてある。

さらに裏表紙に描かれる表紙と同じ和田誠さんによる似顔絵の下には「青年諸君よ読み給え！　君は人生の『前途洋々タル』を知るだろう。壮年諸兄も読み給え！　兄等は

『未ダ人生ノ域ニ至ラザル』ことを悟るだろう。そして熟年に一歩足を踏み入れた諸氏、『熟年老イ易ク、カク成リ難キ』ことに気付かれよう……。」という惹句がある。

「僕はこれまで、『山口さん』と言ってたかな」

という吉行節で口火が切られるこの対談は、縦横無尽の展開の随所に、お二人の持ち味の熟成が披露され、抱腹絶倒の連続を楽しむことができるばかりか、自らの弱点をもてあそぶかのごとき自虐的なセリフの裏側に貼りつく、何とも言えぬ文士の余裕がこたえられない。吉行さんは自らの病いを笑いに塗りかえて提供し、山口さんは頻尿の身をなげきつつ時どき中座するというサービスぶり。

私は、編集者時代に吉行淳之介担当でもあり、山口さんとはパーティ会場や小さな酒場で時おり顔を合わせたりしていたから、そのくり出される口舌《くぜつ》の奥にある、お二人の文学性などをなつかしく思い出すことができる、いわばこの本の特権的な読者という気分がある。

この対談は、雑誌「小説新潮」で晩年の吉行さんの病気の隙間をぬうようにして、奇蹟的に実現したものであり、それが単行本化にいたったのは、両文士のファンとしてもうれしいかぎりだった。

さて、この対談の中にある、「ところで旦那、いくつになったのかね。僕といくつ違う?」という吉行さんの言葉があって、山口さんが「僕はね、六十三です」と応じ、「二つ違いだね。まもなく六になるけれど」と吉行さんがうなずいておられるくだりがある。

このタイトル、この縦横無尽の老人ばなし、そしてこの解脱さえ感じさせる自由な境地……それが、六十五歳の吉行淳之介と六十三歳の山口瞳によってくりひろげられたのだと気づけば、お二人のはるか年上になっている今の私は、やはりおどろきとともにあらためて感服せざるを得ないのである。

そして、二十四年前に吉行淳之介さんが他界され、翌年そのあとを追うように山口瞳さんが亡くなられた。今ごろお二人は、天国でどんなコンニャク問答をつづけておられるのだろうか。

東山魁夷か平山郁夫か

私は、十八年八カ月という期間、中央公論社につとめる編集者だった。この間に飲んだ酒の量は計り知れないな……とふり返って思うほどの、酒また酒の日々だったが、それだけ飲んで我ながら仕事もよくこなしていたと感心する。つまり、私は生まれつきの丈夫な体をもっていて、とくに胃腸が強く、かなりの無茶飲みをしても、寝不足と宿酔いが合体でもしなければ、大体において仕事に支障はきたさなかった。

その十八年八カ月の編集者生活を終えて、そのあと作家を業《なりわい》とするようになったのだが、作家生活に入ってからの酒づかりは、編集者時代の比ではなかった。外国を含む各地を飛び回る取材の中では、その土地にゆかりの酒を味わいつづけ、相手しだいで無茶な飲み方も生じた。

東京で夕方から人と会って食事をしたあと、次から次へと酒場のハシゴをして、帰ろうかというきっかけは〝そろそろ夜明け〟というけはいなのだから、けっきょくかなりの酒を飲んだはずだ。

ついに店に居すわるのをあきらめて、タクシーで家路をたどるのだが、都心から吉祥寺の家までは高速道路に乗るケースが多かった。首都高速の外苑から参宮橋あたりまでやって来ると、前方の空がひらけてくる。この空の色の青さというか碧さというか……ま、夜から朝へのはざまの兆したる青はたまた碧の色合いをながめながら、私は日本画家の東山魁夷《かいい》の色か平山郁夫の色かと見定めたものだった。

私は画に関する造詣や知識を持ち合わせる者ではないので、かなり大雑把な自分流の比較にちがいないのだが、何となく東山魁夷よりも平山郁夫のあおの方がうすい色というふうに思い込んでいた。

まだ東山魁夷だから大丈夫だ、もはや平山郁夫だからヤバイ……そんなことを前方の色にかさねた。もちろん、これは目のうらに浮かぶカミさんの機嫌のバロメーターであり、それによって帰宅後の言い訳の仕方もちがってくるのだ。言い訳と言っても、大体においてダラダラ飲みつづけているうちついに夜が明けてしまった……というくらいのことなのだが、レッスンをしたあげく逆に妙にぎこちない言い訳になったりもしたものだった。

ま、つまり酒びたり不摂生の連続だったのだが、何年か前にかるい脳梗塞《のうこうそく》をやって以来、ちょっと酒を断ってみた。そして、おそらく酒に対する禁断症状が出るかと思いきや、断酒をいくらつづけても、酒に呼ばれる気分には陥らず、はからずも病いの予後としては理想的な生活がつづいたあげく、今は〝酒を飲める人〟くらいのレベルで落ち着いている。

だが、俺は果たして酒が好きだったのだろうかと、酒びたりの日々を思い返して自分をいぶかった。酒を飲まずにこれだけの時がたっても平気であるということは、あの頃の酒びたりは酒のある場面や一緒に飲む相手との時間のなせるワザということになるのだ。そして、そんな思いとともに空転をつづけたカミさんへの言い訳の数々が、宿酔いのごとく一気にこみ上げてきたものでありました。

ゴールデン街らしい味

今は、その横丁にただよう怪しさが、かつてとはくらべものにならぬほど薄まってしまったにちがいないが、かつての新宿ゴールデン街の横丁には、凄みある怪しさと妖しさ、それに銀座文化とは袂《たもと》を分かつ異端の文化の匂いが充満していた。

友人と一緒にひょんなきっかけで入ったゲイバー「ハリー」も、そんなゴールデン街の匂いや味わいにみちた店だった。

「あら、久しぶりに平民の顔に出会えてうれしいわ!」

それが、店の主人たるハリーが、店へ入った私と友人を見ていきなり放ったアイサツだった。ハリーは、化粧をほどこしてはいるが女装ではなく、美形な男がやや女性っぽい色合いを、その服装にただよわせているという感じ。これみよがしの女っぽさを演じていないところが、都会的といえば都会的センスということになろう。その淡い肌合いが、初めて店へ入った私たちの気分を楽にさせたものだった。

ハリーは、カウンターの内側にひとり陣取り、大きな音量でながれる越路吹雪の「サン・トワ・マミー」や「ろくでなし」のふりらしい仕種を乗り気なさそうに始め、やがて越路吹雪が乗り移ったかのように、小刻みな唇のふるえや過剰な身ぶり手ぶりを披露したあげく、つまらなそうにその芸を閉じるのが売りのようだった。

ハリーは、どんな客をも「あら、久しぶりに平民の顔に出会えてうれしいわ！」という言葉で迎えていた。そして、客にマラカスやタンバリンを持たせて囃し役をやらせ、「この店は私の世界よ、文句ある？」という主役意識を満開させていたものである。私は、友人や知人たちと三カ月ほど足しげく通っただろうか。

あるとき、しばらく間をおいて「ハリー」をおとずれてみると、カウンターの内側にいたハリーが目をかがやかせ、例のセリフを向けてから、越路吹雪の歌のふりを真似る芸を見せてくれた。

だが、同じ言葉を放ち同じ芸を披露しているのに、どこかいつものハリーとちがっていた。そして、やがて私はようやく気づいたのだった。

「ハリー」を初めておとずれたときから何度も、同じ芸を見せられたあと、レジへ行って支払いをすませるとき、そこに白いシャツ姿の地味で律儀そうな男がいて勘定をすませたのだったが、いま目の前で越路吹雪の歌に興じているハリーは、あの地味な男だったのだ。

そして、帰りぎわレジで同じように支払いをしたのだが、そこで白いシャツを着て律儀に計算する男が、この前まで主役だったハリーだと気づいた。

初代ハリーは、レジの男に店を乗っ取られたという噂をのちに知ったが、乗っ取った男と乗っ取られた男が、ハリー役を単純に交換するだけで店のけしきを保つ、あの二人の突飛な割り切りの良さには、やはり銀座文化と袂を分かつゴールデン街らしい味があった。

〝先生問題〟の厄介

私は、編集者体験のあげく作家稼業となったのだが、作家になって最初の厄介が〝先生問題〟だった。私は会社づとめでは文芸編集者をやっていたが、先輩方がいわゆる〝偉い作家〟を先生と呼んでいる習慣に反発して、なるべく作家を先生と呼ばぬようにしていたのだが、やがて〝偉くない作家〟をも先生と呼ぶ編集者が多い時代がおとずれ、駆け出しの私にもその言葉が向けられたりして、ドキリとさせられたのだった。

ただ、一度そう呼ばれてうなずいてしまったりすれば、〝先生〟はずっとついて回ることになる。出版界とは別の業界の人に会うと、その言葉を作家への礼儀のように向けられるケースもあり、即座に「ボクは先生ではありませんから、先生なんて呼ばないでくださいよ」と、冗談半分といったふうにとめることができぬ場合は、厄介が先のばしになってしまう。〝先生〟と言った相手に、俺の呼び方を変えろと命じる雰囲気が出ても困るので、そのままにしておけばずっと〝先生〟になってしまい、そのたびにギクリとする自分のチンケさがつきまとうのだ。

ただ、「あのね、ワタクシ先生と呼ばれるのは大きらいでしてね、今後、先生と呼んだら二度とおつき合いはしませんよ」という作家をイメージすると、これはこれで妙に正義っぽい大物意識に感じられる。

とまあ、あれやこれや考えているうち、〝先生〟と呼んでいる人はその言葉にあまり重さを感じているのでもなく、極端なケースを想像すれば、こっちの名前を失念したあげくの、窮余の一策みたいな呼び方であったりもするのだ。そうなると、〝先生〟という呼称に強く反応している自分自身が意識過剰という結論にもなりかねない。

そこで、仕事関係においてはケース・バイ・ケースということにした。だが、行きつけの飲み屋で〝先生〟と呼ばれるのはいくら何でもまずい……という気分で、作家になる前から行っていた近所の居酒屋のオヤジには、「ぜったい駄目だよ」と釘を刺しておいた。

そして次にその店へ行ったとき、カウンターの客にまぎれ込んで飲んでいると、「先生！」というオヤジの声が耳に突きささった。だからさあ、このあいだ言っただろうに……と、オヤジにとがめ顔を向けたが、それと同時にカウンターの客の全員がオヤジをふり向いていることに気づいた。

ふり向いた客は、医者、弁護士、大学の講師、整体師たちで、つねに〝先生〟と呼ばれている、いわば〝本物の先生〟たちだった。カウンターの客の中で私だけが〝本物の先生でない〟あいまいな〝先生〟であったわけで、〝先生問題〟にあまりこだわれば、その厄介が倍になって返ってくることをかみしめさせられたというわけでありました。

直木賞の報せを待った日の思い出

芥川賞と直木賞が決定する季節になると、ふと自分が受賞の報せを受けた当日の様子が、なつかしく浮かぶことがある。

私の前々期くらいから、直木賞がどこかカジュアル化し、候補者にテレビ局のディレクターや週刊誌の編集者が張りつくという現象が生じはじめていた。

私のときも、発表の前日にテレビ局の知り合いディレクターから電話があり、「あしたはどこにいますか」の問い合わせ。

実はワタシ、そのときが三回目の候補であり、一回目と二回目はそれぞれ行きつけの店で友人作家や編集者と待っていたが、二度とも受賞しなかったわけで、〝落ちた〟報せを受けたあとの、付き合ってくれた友人たちへの顔のつくり方に四苦八苦した。その経験から、三度目は家で待つことに決めたのだった。

結局、当日は件のテレビのディレクターとともにわが家で待つことになった。そこへ、知り合いの男性雑誌の編集者がカメラマンを連れてきた。受賞の瞬間を……というわけだが、受賞しない瞬間だってあるわけで、私は複雑な気分。そこにまた、候補の『時代屋の女房』を掲載した雑誌の担当編集者が、「近くを通りかかったもんで……」と妙な言い訳をして席に加わった。偶然に通りかかるわけないだろう！　と突っ込みを入れる余裕など、当日の私には、もちろんゴザイマセン。

そんなわけで、結局、わが家での宴会もどきの状態で、受賞か受賞しないときの報せを待つこととなった。

重苦しい空気に、わざとらしい和気《わき》藹々《あいあい》の雰囲気をつくろうとするから、よけいに重苦しくなり、その空気を変えようと工夫するといった面倒で厄介な時がすぎてゆく。

やがて、頃合いのいいところで電話がなったので、しがみつくように受話器を取ると、静岡市清水区の小学校の同級生の声がして、

「どう、最近忙しいのかね……」

空気を読め！　と言ったって無理なはなし、しばらく雑談をして電話を切ったが、受賞を報せようとしたが電話が話し中なので他の作家の作品に……となったらどうしようなどと、私はついスケベ根性丸出し状態となったりしていた。

で、目出たく受賞の報せがきて、それらしくインギンな受け答えをすると、一同から拍手が起こった。

すると、男性雑誌の編集者がおもむろに一升瓶を取り出し、「祝直木賞」と筆で書き記した和紙を手早く貼りつけた。その嘘のようなタイミングのよさに感服しながら、元編集者たる私の中に元編集者らしい疑惑が生じた。

「これさ、もし落ちたらどうするつもりだったの？」

と、上機嫌のとがめ顔で言ってみると、男性雑誌の編集者はしたり顔で別なのし紙を取り出したが、そこには「陣中見舞」と記してあったものでありました。

文士と作家と物書き

私は、十八年八カ月出版社につとめたあと、物書き稼業となった。作家と名乗るほど仕事の内容が安定するわけでなく、とりあえず〝文章を書くことを業とする〟という意味で、〝物書き稼業〟なる言葉を用いた。

だがこの〝物書き〟なる呼称、無頼を気取ったポーズをする作家がよく使う言い方……という説を読んでビビッた。それで、すぐにやめるかという気にもなれず、無頼を気取った作家でもない私だったが、とりあえず〝物書き〟と自分の職業を名乗ったり書いたりしているうち、そのままになってしまった。中途半端は自分によく似合う……という居直りめいた気分もあった。

その〝物書き稼業〟を何となくこなしていたある日曜日の昼近い時間、私がつとめていた中央公論社の社長である嶋中鵬二氏から電話があった。嶋中氏は青年時代に「新思潮」の同人であったが、その頃の仲間に吉行淳之介さんがいた。このたび吉行さんとの出会いを書くにさいして、吉行さんは「星の降る夜の物語」を「新思潮」に書いているのだが、その作品を収録した全集はどこの会社から出版されているかを、知っていたら教えてほしいというのが、その電話の主旨だった。

「十分後にお電話してよろしいでしょうか……」

私はそう言って電話を切り、あわてて書棚をさがしはじめた。落第社員だった私としては、緊張のはしる電話だったのだ。だが、日曜日に電話をかけてきたということは、吉行淳之介担当者であった私を、多少は信用してくれている証拠という都合のよい受け止め方もしていた。けっきょく、作品が冬樹社刊行の作品集に収められていることを発見し、その旨を伝える電話をした。すると、

「これからうかがってよろしいですか」

と嶋中氏から言われ、反射的にうなずいていた。二時間ほどしてやって来られた嶋中氏は、「ボクは最近やらなくなったのでね……」と玄関先で、舶来のウィスキー一本を

さし出した。それから約一時間半ほど雑談をして帰られたが、作家と文士についての話が頭に残った。

締切に追われるのが作家、悠々と文章を書くのが文士……それが、嶋中氏の定義だった。その頃、まさに私は締切に追われる作家であったので、ぜひ文士を目指したまえ……という示唆であったかもしれぬと、今からは思い返すのだ。

あれからかなりの時がたつが、今の私は、締切に追われる時期は通りすぎ、文章を書いて暮らしていることはたしかだが、決して〝悠々と〟ではなく、〝社長〟の示唆にも応えられぬまま時をすごしているのであり、しかも、文士でも作家でもなく、〝物書き〟と曖昧に自己紹介をする癖もまた、そのままなのである。

〝悪趣味〟と〝薄情〟を極める

私の祖父は、村松梢風という文士だった。その名から作品を思い浮かべる方がおられるとすれば、それはある世代以上に限られてくるだろう。一八八九年すなわち明治二十二年の生まれで、一九六一年に他界した。辞書に出ている作品には『琴姫物語』『残菊《ざんぎく》物語』『男装の麗人《れいじん》』『本朝画人伝《ほんちょうがじんでん》』『近代作家伝』『近世名勝負物語』『女経《じょきょう》』などがある。とくに文壇の中枢に位する文士ではなかった。

ただ、祖父の文士像が戦前、戦中、戦後にそれぞれの色に染められていたのはたしかで、戦後は一風変わった流行作家の色をおびていた。そして、妻である祖母に私という孫の養育を任せて静岡県の清水に住まわせ、別な女性とともに鎌倉の邸宅に住んで、けっこう派手な暮らしをしていた。

祖父は、文士然とした上趣味のものではなく、独特の服装の好みをもっていたが、とくに和服はケバケバしかった。薄いブルーの地の婦人用の小紋で袂をつけた丈長の羽織を仕立て、それを着物の上にはおって悠然と歩くさまは鎌倉の町の中でもひときわ目をひく派手さだった。

夏には、ハワイから買って帰ったこれまたド派手なアロハを、息子である伯父たちに〝衣文掛け〟と形容された、肩巾だけ張った痩身に着用し、ヒンシュクを歓迎するかのごとく得意げな顔で闊歩《かっぽ》していた。

つまりは〝悪趣味〟なのだが、それを承知でこなしていたのは、「男は悪趣味を楽しむくらいでなければ駄目」という同居の女性の価値観に感化された結果ではなかったか。もともと自分の中にあった〝悪趣味〟好みを、彼女のそそのかしに乗ったふりをして実践してみせていたのか……そのあたりの真相は藪の中だ。

もうひとつ、同居の女性の持論に「男は薄情なところがなくてはダメ」という価値観があった。これは、妻子のある男と同居する彼女にとって、まことに都合のよい言い草のようでもあるが、妻とは別な女性と同居する祖父の生き方に、裏付けや根拠を与えるセリフであるとも言えるだろう。

祖父はもともと、妻や子供に対して、〝薄情〟な接し方の連続だった。その時どきの愛人とさまざまな家に住み、そこからたまに妻子の様子を見にやって来る……戦前、戦中とつづいたこのスタイルの最終版が、鎌倉でその女性と住み、時おり妻である祖母と孫である私の様子を見るために、清水へやって来るというかたちだったのである。

だが、同居の女性の立場から見るならば、祖母に妻の籍を与えつづけ、たまにその生活ぶりを見に行くという祖父は、自分にとっても十分に〝薄情〟であったはずなのだ。とすると、祖父は妻にも同居の女性にも、平等に〝薄情〟だったことになる。

そんな生き方のスタイルを成立させていたのは、〝薄情〟ではあるが、〝無情〟ではなく、〝悪趣味〟ではあるが〝無趣味〟ではないという、微妙なゾーンに生きる男の面白さであったかもしれぬと、〝悪趣味〟も〝薄情〟も極め切れぬ孫たる私は思うのである。

人生相談というアナログの牙城

私は祖母に育てられたが、その祖母は毎朝の新聞が配達されると、まず最初に目を通すのが人生相談欄だった。まず第一に人生相談欄……というあたりには、祖母の人生の屈託がかかわっていたはずだ。

祖母は、投稿人が自分より苦労しているらしいくだりを読むと、なぜかにんまりと笑みを浮かべていたような気がする。他人の苦しみは蜜の味ということなのだろうか。人生に悩んでいるのが自分だけでないことに、どこか救われるような心持ちをおぼえていたのか。祖母が人生相談欄を読みつつ浮かべる表情を、子供の頃の私は不思議な気分でながめたものだった。

私は、祖母の死後に中央公論社につとめ、二年間ほど雑誌「婦人公論」の編集部に在籍していたが、人生相談欄は婦人向けの総合雑誌としての「婦人公論」が、最初に編み出した手法だと言われていた。そこで、私の編集部在籍中に、「人生相談五十年」という特集記事が掲載され、そこに昔日の人生相談欄が復刻されたのだったが、その記事に私は大いに興味をそそられたものだった。

五十年前（現時点からは百年ほど前ということになる）の人生相談の内容の中心は、年上の男性、男性教師、ピアノ教師などのいわゆる目上の男性によるセクハラについてのうったえだった。

そして、「ピアノの先生に肉体関係をせまられています。どうしたらよろしいのでしょうか」といった悩みの相談に対する人生相談請負人たる識者からの回答はおおむね、「黙っていなさい」「我慢しなさい」「相手を傷つけないように」といった、現在ならば首をかしげられるどころか批判のホコ先となるたぐいの角度。注意深く言葉を選んで両親に相談し、穏便に、穏便に事態を切り抜けるための方策に知恵をしぼるのにひたすらいそしむべきだと取れるような言葉が向けられているのだ。つまり、その回答ぶりが成立する雰囲気の時代背景だったということである。

人生相談欄は今日においても脈々と存在しつづけ、新聞や雑誌の中での定位置のようなものを保っているようだ。もちろん、人生相談欄の投稿者も、回答者たる識者の選択も、時代によって刻々と変化しているはずだ。現代らしい奔放な投稿に対する、自由な回答の組み合わせもあり、一緒に悩むというスタイルもあって、人生相談というジャンルの命脈は尽きぬといった感がある。

ところで人生相談欄は、読者にとってきわめて手っ取り早い他人の人生との出会いであり、蜜の味をふくむ娯楽読物でもあるはずだ。祖母のにんまりの謎の答えも、そのあたりにあったのではなかろうか。投稿者と回答者がボケとツッコミの態を成す効果もあったりして、人生相談は、読者にとっては味わいの幅が広い娯楽的形式とも言えるだろう。

それにしても、ツイートを宇宙に放ちつづける人々の密集するデジタル全盛のこのご時世において、他人の人生との出会いを前提とする人生相談欄というスタイルは、現代において亡びゆくアナログ的センスと首の皮一枚でつながる息づかいであるのかもしれない。

涙をさそう唐辛子の焼香

　カミさんの実家は岩手県の内陸なのだが、かつては東北地方でも雪の多い土地柄だった。秋田県に近い地域で、秋田県横手市の有名な〝かまくら〟の雪室《ゆきむろ》をつくる雪が足りないときは、カミさんの家の本家のある村あたりへ雪を取りに来るほどの雪深さだったというが、最近はそのような豪雪にみまわれることも少なくなったという。

　私は結婚してしばらくあとに、その本家をたずねたことがあった。車で行く途中、この右手が何々で左手が何々と、名の知られた寺などの説明をしてくれたが、道路の両脇が高い雪の壁となっていて何も見ることができなかった。それでも、「最近はむかしみたいに雪が降らなくなった」と本家の主《あるじ》たるオジイチャンが言っていたから、あの頃が変わり目だったかもしれない。

東京から行った釣人が、向こうからやって来た土地の人に、「このへんは熊が出るんですか」とたずねると、「このへんに熊が出るかってか？　熊はこのへんから出て行くのさ」と言われ、度肝を抜かれたことがあったというから、自然のありようが度はずれている感じがあった。

本家のオジイチャンは、なかなかにユーモアのセンスをもった人で、話のやりとりが楽しかった。このオジイチャンの大の好物が一味唐辛子だった。何しろ、主食が一味唐辛子だと言ってはばからぬくらいだったのだ。

私と話をしているときも、茶を飲むときの菓子の代わりに、一味唐辛子を旨そうに頬張っていたものだった。

その頃、オジイチャンはたしか九十歳前後だった気がするが、一味唐辛子をともにする食生活は、ずっと変わりがなかったという。年寄りに刺激的な味はふさわしくないといった常識を、平然とやりすごしながら息災《そくさい》でありつづけたのだろう。

「一味唐辛子とワタシは、一心同体でね。これがなくては生きていけないわけさ」

オジイチャンは、そんなふうに宣《のたま》ったものだ。

「じゃあ、お葬式のときの焼香は、一味唐辛子でやりますか」

よくもまあ、老人に向かってそんな言を吐いたものだったが、私なりにこういう冗句を解してくれる人と見立てての発言でもあった。すると案の定、オジイチャンはニッコリ笑ってうなずき、

「そういえば、あの香は、唐辛子に似てるな」

とうれしそうに言い、

「唐辛子で焼香すれば、涙も出るしな」

とつけ加えた。この反則がらみの会話のやりとりから、オジイチャンとすっかり打ち解け、私はオジイチャンのファンになってしまった。

「葬式のときの焼香は、一味ではなく贅沢に七味唐辛子にして」

それが、帰り際に私に向けられた上機嫌の冗句だった。オジイチャンは長寿を全うされたが、この七味の焼香を実行できなかったのが、私にとっては今も心残りというものである。

あとがき

「老人のライセンス？　そんなもんあるんですか」という当然の反応に対して、「実はあるんですよ」と、一冊をあげて例証しようというのが本書の目論見だ。言わずもがなのことだが、当今世上に取りあげられている高齢運転者の免許問題とはまったく無縁であるところの、心のライセンスのことである。そして、そのライセンスがいまだ掌中にあらずという自己認定のもとに、これまで体験した端倪《たんげい》すべからざるライセンス取得者たちの、愛すべき人間の味の幅広さを、読者諸兄姉に供しようというかまえが、とうに後期高齢者の年齢をすぎた未熟者老齢者たる著者の、特徴的物腰ということになり、これが本書の老人問題へのスタンスともなっている。

さて、そんな著者たる私に個性らしきものがあるとするならば、それは宿病とも言うべき他者への観察癖だろう。そして、私の観察癖は、やましさやうしろめたさをかこつ者の症状ではなかろうかという気がする。といっても、そのやましさやうしろめたさが、それほど深い意味合いをふくんだものでないのはもちろんのことで、たとえば宿題を忘れがちな小学生であった私に、その日の先生の機嫌、気分、あるいは心もようなどをあれこれ想像しながら、先生の一挙手一投足を探る癖が宿ったことを原点とするといったレベルの観察癖だ。

宿題を忘れぬ生徒は、先生の機嫌などうかがうこともなく堂々としているが、宿題を忘れた生徒である私は先生が宿題を出したことを失念していることを希《ねが》いつつ、指名するとしたら左右どちらの席から？　真ん中から？　うしろから？　あるいは気紛れ？と、刻一刻の先生の顔色の変化をうかがいつづけるわけで、そのレベルの怯えを原点とするのだから、たかが知れた観察癖である。宿題を忘れても堂々としている生徒だって何人もいたし、彼らの洋々たる未来図と私の揺々たる未来図は、そのあたりですでに分別されていたのかもしれない。

その、やましさとうしろめたさの発する貧乏性的観察癖が宿病となり、大人になっても治癒せぬまま個性となって、いまだに体内で蠕動《ぜんどう》することをやめぬのだから始末がわるい。

ただ、この観察癖の効用というものによって、本書を書き綴ることができたのはあきらかだ。人間という存在の摩訶不思議から醸し出される面白味、妙味、滋味そして珍味などを、私なりに汲み取るについては、この私流のせこい観察癖が手がかりとなっているはずなのだ。

この期に及んでこんな居直り的呟きをもてあそんでいるのだから、老人のライセンスは私にとって、当分のあいだ手のとどかぬ陽炎《かげろう》というけはいであります。

村松友視

二〇一八年六月一日

†初出――「夕刊フジ」二〇一六年四月五日～二〇一七年十二月十九日に
「老人のライセンス」として連載されました。

村松友視（むらまつ　ともみ）
一九四〇年、東京生まれ。慶應義塾大学文学部卒業。八二年『時代屋の女房』で直木賞、九七年『鎌倉のおばさん』で泉鏡花文学賞を受賞。著書に『私、プロレスの味方です』『夢の始末書』『百合子さんは何色』『アブサン物語』『野良猫ケンさん』『幸田文のマッチ箱』『淳之介流』『俵屋の不思議』『帝国ホテルの不思議』『金沢の不思議』『老人の極意』『大人の極意』『北の富士流』『アリと猪木のものがたり』等多数。

老人のライセンス

二〇一八年七月二〇日　初版印刷
二〇一八年七月三〇日　初版発行

著　者　村松友視
装　丁　坂川栄治+鳴田小夜子（坂川事務所）
発行者　小野寺優
発行所　株式会社河出書房新社
〒一五一-〇〇五一
東京都渋谷区千駄ヶ谷二-三二-二
電話　〇三-三四〇四-一二〇一（営業）
〇三-三四〇四-八六一一（編集）
http://www.kawade.co.jp/

印刷・製本　中央精版印刷株式会社

Printed in Japan　ISBN978-4-309-02714-2
落丁本・乱丁本はお取り替えいたします。

河出書房新社の本

人生の収穫	私の漂流記	夫婦の散歩道	明日への一歩	ウスバかげろう日記 狐狸庵ぶらぶら節
曾野綾子	曾野綾子	津村節子	津村節子	遠藤周作
老いてこそ、人生は輝く。自分流に生き、失敗を楽しむ才覚を身につけ、老年だからこそ冒険する。独創的な老後の生き方。**河出文庫**	人生を乗せて船は走る——。まだ見ぬ世界に魂の自由を求め、人は航海に夢を賭ける。船上の出会いから、人生の奥深さを描く感動作。	吉村昭と歩んだ五十余年の歳月、思い出の旅路、懐かしき人々。作家として妻として、しなやかに人生を描き出すエッセイ。**河出文庫**	夫・吉村昭の手紙から蘇る、作家同士の夫婦の歩み——。遥かなる歳月を心に抱き、新たな一歩を踏みしめる人生の旅路。珠玉の41篇。	年齢《とし》なんかに負けないぞ！　五十代半ばでダンス、英会話に励み、悪戯に精を出し…。遊びを極めた狐狸庵の達人的生き方！**河出文庫**

河出書房新社・村松友視の本

私、丼《どんぶり》ものの味方です

天丼、牛丼、猫まんま。気分満点、極上の味わい。庶民の味方「丼もの」的世界を、ユニークな蘊蓄で綴る食べ物エッセイ。**河出文庫**

野良猫ケンさん

ケンカ三昧の極道野良に、作家は魅入られた。愛猫アブサンの死から15年。外猫との日々を通し、生と老いを見据える感動作。**河出文庫**

老人の極意

老人が放つ言葉、姿に宿る強烈な個性とユーモアから、生きる流儀が見えてくる！　おそるべき「老い」の凄ワザにせまる書き下ろし。

大人の極意

アンチエイジング？　なめたらいかんぜよ！人間の醍醐味にあふれた極彩色の「大人」の領域、その魅惑的な世界を贅沢に描き出す。

アリと猪木のものがたり

奇跡的に実現したモハメド・アリ×アントニオ猪木戦をあらためて見つめ直し、二つの光跡の運命的な交わりを描く渾身の書き下ろし。